中村航

年下のセンセイ

幻冬舎

年下のセンセイ

1、冬

日曜の午前、一月の終わりの街を、完全防寒スタイルで歩く。

頰に染みるような冷たい空気が、みのりは好きだった。歩けば頭の奥がすっきりとして、一歩ごとに気持ちが浄化されていくように感じる。透明に澄んだ冬の空気のなか、吐く息だけが白く立ちのぼる。

寒がりなみのりは、ファーのついたブーツを履いて、ニットの手袋をしていた。発熱性の肌着をつけ、カシミヤのマフラーは首をふた回りしている。スピードをあげたみのりは、ずんずんと冬を歩く。

感じていたのは頼りなげな小さな熱だ。意識を体の奥に向ければ、ぽつ、ぽつ、と、熱が湧くのがわかる。風を切る頰の冷たさに反して、体の芯はしっかり温かい。

やがて辿り着いたエントランスロビーには、充分に暖房が利いていた。足を止めると、早足で歩いたことによる熱が、体の芯から染みだしてくる。自動ドアが閉まる音を背中で聞きながら息を吐いたみのりは、人心地がついた。春——。

そのとき春を感じたのは、暖房のせいだけじゃなかった。こぢんまりしたロビーに、可愛い花が飾られている。流れる小さな白を背景に、優しい黄色が微笑《ほほえ》むそこには、遠い春が兆している。

マフラーと手袋を外したみのりは、花にゆっくりと近付いた。花の甘い香りに吸い寄せられたみたいに。

黄色く咲いているのはフリージアだ。その周りでほころびかけた黄緑の蕾《つぼみ》が、何とも可愛い。脇には雪柳のしなやかな枝が伸びていて、ところどころ溶け残った雪のように、白い花を咲かせている。

ほんの数ヶ月前、この生け花教室に通うようになるまでは、花を見ても多くのことを思うわけではなかった。でも今は〝花と器と人との一期一会〟という言葉を大げさだとは思わなくなった。可愛くて、きれいで、ほっとして、心が洗われて――、でもそれだけじゃなくて、花をいとおしむ心や、季節や自然の在りようを尊敬するような気持ち――。そんなものに包まれる幸せを味わえるようになった。

遠い春は今ここにある。冷たい風や街のなかにも、春は確かに含まれている。

空気を胸いっぱいに吸いこみ、みのりはまた花に見入った。いい香りだ。頬の冷たさと暖かい空気が、ゆっくりと溶け合っていく。

そのとき後ろで自動ドアが開き、風の音が聞こえた。

「あー、みのり先輩、こんにちはー」

振り返ると亜也華ちゃんだったので、おー、と手をあげた。

「わ、フリージア、いい香り！」

彼女は跳ねるように隣まで歩いてきた。ふわふわした髪型をした亜也華ちゃんは、春のミツバチみたいに花に近寄り、匂いを嗅ぐ。

半年前、この生け花教室をみのりにすすめたのが野田亜也華ちゃんだった。彼女は職場の後輩だけど、今は部署が違うので、日曜のこの教室でしか顔を合わせることがない。お花を触ってると落ち着くんですよー、という理由で、彼女はこの教室に通いだしたらしい。

「優しい。……春。……柔らか。あたたか。……でもちょっと寂しげ」

ミツバチガールみたいな亜也華ちゃんがつぶやいた。その言葉は、目の前の可愛らしい花に、するり、と馴染んでいく。

花を見るとき、亜也華ちゃんはなるべく〝言葉を考える〟ようにしているらしい。カタコトの単語で、この空間を全部表現することなんてできないけれど、でもそうすることで花に近付ける気がする、と言っていた。

「あれ？　でも、これ……」

「どうしたの？」

一歩後ろに下がった彼女は、花全体を見た。

「……んー、先生のいつもの花と、ちょっと印象が違いませんか？」

「え、そう？」

驚いたみのりは花を見返した。だけど、きれいにいけてあるな、というくらいしか自分にはわからない。

エントランスの花は、いつもみのりたちの師匠の篠山先生がいける。七十代の（とてもそんなふうに見えないけど）先生は、和装の似合うナイスシニアで、生徒たちにとても人気がある。

「きれいだし、お手本みたいな作品ですけど……、何だか少し、お手本っぽすぎるっていうか」

お手本っぽすぎる……。

真剣な眼差しを向ける亜也華ちゃんに合わせて、みのりも一歩下がって花を見つめてみた。

先生が一人で花をいける姿を、何回か見たことがあった。お花と都合がついたので、と言いながら、先生は花をいけ始める。めったに見られる機会はないので、みのりは真剣に先生の手つきを見つめる。

枝を切る。葉を落とす。角度を決める。

やっていることはみのりたちと同じだった。だけどお花をいけることに人生の大半を費やしてきた人の所作は、とても確かだ。できあがっていく空間の美しさと、華道の奥深さに、みのりは息を呑《の》むように引きこまれる。

「篠山先生の花って、もっとこう、孤高な感じがしませんか？」

「……ああ」

言われてみればわかるような気もした。

篠山先生の作品からはいつも、温かな深みや、落ち着いた雰囲気を感じた。存在感はあるけど主張しすぎず、花を囲む世界に調和している。

じっくり見つめていると、その緻密な構図に、呼吸を忘れるような気分になった。一ミリでも動かしたら崩れてしまうような緊張感が、花を含む空間に宿っている。主花となる花のまっすぐ伸びた姿に、見る者の心がしゃんと正される。

「花材の選び方も、珍しい感じがします」

「そう？」

「ええ。いつも、もっと大胆じゃないですか？」

「……ああ」

言われてみると、今までに見た先生の作品は、もっと大胆に花や葉を選んでいたような気がする（自分にわかる範囲で言うなら、時に花材のしぼり方が過激だ）。

目の前の作品に削るところなんてないように思えるけれど、先生だったら全く違ういけ方をするのかもしれない。そう考えると、そうとしか思えなくなってくる。

「えー、でもすごいね。亜也華ちゃん、そんなのわかるんだ」

「……いや、何となくですけど」

亜也華ちゃんはこの教室に通いだして、もう二年になる。後輩キャラなうえに実際にみのりの後輩にあたる彼女だけど、お花に関しては兄弟子だ。

「けど、こういうのも素敵ですね。可愛くて、きれいで」

「うん。ここだけ春が来たみたいだよね」

二人はまた前に一歩進み、花を覗き込んだり、匂いを嗅いだりした。フリージアは香水のなかでも好きな香りだ。それはそうと、もうそろそろ時間だから、教室に向かわなきゃな、と思ったときだった。

「あ、もしかして！」

と、亜也華ちゃんが声をあげた。

「この花って、透センセイがいけたのかな？」

「そうなの？」

「わかんないけど、もしかしたらそうかも」

エントランスの花はいつも篠山先生がいけていると思い込んでいたけど、確かに透センセイがいけたって全然おかしくなかった。

透センセイは先生のお孫さんで、高校生のときからここでアルバイトをしている。小さな頃からお花を習っているという彼は、この教室では「助手」ということになっている。師匠とか先生とはちょっと違うけど、センパイでもない。センセーとかセンセイとかいうニュアンスで生徒たちから親しまれている。

フリージアと雪柳。

それは冬の街に靄《もや》のように漂う春を、結晶にして取りだしたような作品だった。優しそうで、ちょっと寂しげで、みのりたちでも何とか手が届きそうな、お手本みたいな花。そういう目で見てみれば、確かに目の前の花は、若い透センセイのイメージに合う。

「きっと、透センセイだよ」

「……うん、何かそんな気がしてきた」

「あ、」

小さく声をだした亜也華ちゃんが、みのりの肩越しに視線を投げた。

振り返ると、ちょうど透センセイが花を載せた台車を押していた。白い綿のシャツにチノパン姿のセンセイは、紺色のエプロンをかけている。

「こんにちは。そうなんですよ。実はそれ、僕がいけました」

近付いてきた透センセイが、涼やかな笑顔で言った。みのりは背の高いセンセイを見上げる格好になる。

「やっぱりわかっちゃいますよね。エントランス用にいけたのは初めてなんですけど、なかなか先生のようにはいかないです」

どうやらみのりたちが喋《しゃべ》っていたことが、聞こえていたようだ（どの時点から聞いていたのだろう……）。

「でもすごく素敵です、センセイ」

「うん、可愛くて、いい香りです」

言ってすぐに、香りは関係ないじゃないか、と思ったけど、ありがとうございます、と返ってきた。

「でも僕なんかはやっぱり、生け花教室のただのアルバイトで、先生とは違いますよ。先生は華道家ですからね」

隣に立つ透センセイの横顔を、みのりはちらと見た。短くてストレートの黒い髪が、くしゃくしゃと無造作にまとめられている。

お稽古のとき、透センセイは助手として花や花器を用意したり片付けたりする。小さな頃からお花を習っているだけあって、彼の花に触れる所作は丁寧で、美しかった。

「花材をしぼっていけてみると、どうしても寂しい感じになっちゃうんですよね」

無口な印象のある透センセイだったけど、今は花を見つめながら、流れるように喋っている。考えてみれば教室の外で話すのなんて初めてのことだ。

透センセイはいつも教室の後ろにそっと立って、先生の話を聴いている。生徒が花をいけるときは教室内を回り、迷っている人がいたら静かに手伝ってくれる。何かを訊いたりすると、花をじっと見つめながら、控えめなアドバイスをくれる。

センセイは華奢《きやしや》だけど、大きな手をしていた。花を見つめる彼の横顔を見るとき、みのりはいつも〝静謐《せいひつ》〟という言葉を思い浮かべる。

「あ、でも、そろそろ行かなきゃですね」

「そうだ！　行きましょう」

亜也華ちゃんが声をあげた。三人は少し笑い、二階の教室に向けて歩きだした。

「今日は何の花ですか？」

「主花はアネモネですね」

センセイが押す台車の上で、新聞紙から赤い花が顔をだしていた。

「アネモネの語源って、ギリシャ語で〝風〟らしいですよ」

「へえー」

生け花教室に通い始めて、もうすぐ半年だった。習い事がこんなに楽しいなんて思ってもいなかった。月に三度の生け花教室は、いつの間にかみのりにとって、大切な時間になっている。

「アネモネは……儚《はかな》い恋」

エレベーターに乗り込んだ透センセイと別れ、亜也華ちゃんが階段を上りながら言った。

彼女はどこからか花言葉辞典を取りだし、めくっている。花と言葉に、彼女は凝っている。

「それから……薄れゆく希望。儚い夢。君を愛す。真実。嫉妬のための無実の犠牲」

「へー」

最後のものは何だかよくわからなかったけれど、同じ花でもいろんなイメージがあるんだな、と思う。

今日は春をテーマにいけてみよう、と、みのりは思った。透センセイの作品を、みのりは今日、初めて見た。その作品に感じた春を、自分も表現してみたくなっていた。

◇

二月に入った予備校は、慌ただしさと緊張感と悲壮感に満ちている。

名古屋駅近くの予備校に、みのりは勤めていた。校舎は十二階建ての本館の他に、三号館まである。二百人を超える職員と、同じくらいの講師がここに勤めている。

平日の生徒は主に浪人生で、休日には現役生が集まった。小中学生の授業もある。夏休みや冬休みには短期講習があるから、予備校というのは実は年中無休な感じだ。

代理店との打ち合わせを終えたみのりが予備校へ戻ろうとすると、ちょうど講義を終えた多くの生徒たちとすれ違った。地味な色使いのダッフルコートやダウンコートを着ている子が多い。吐く息だけが、彼らの存在証明のように、くっきりと白い。

もともと望んでここにいる生徒はいなかった。彼らはこの場所をでるため、毎日ここに通っている。職員や講師はここをでたいと願う生徒たちを追いだすために、力を尽くしている。

この時期だと、二次試験に向けて追い込みをかけている子が多いが、既に一つ二つの合格通知を受け取った子もいた。マイペースに頑張る子もいるし、今頃になってようやく焦り始めた子もいる。風邪ひかないでね、と思いながら、みのりは校舎に入る。

背の高い男子生徒とすれ違ったとき、ああ、と、なぜだかその日初めて気付いたことがあった。考えてみれば、この子たちは、センセイと同世代なんだな。

透センセイは一昨年の春に高校を卒業しているから、もしかしたら同級生でここに通っている子もいるのかもしれない。この子たちとセンセイが同じ年というのは、ちょっと不思議な感じだ。

生け花教室でのセンセイは、凛《りん》としていて、年齢より大人びて見えた。予備校に通っている子たちとはちょっと毛色が違うタイプなのかな、とも思う。だけどこの浪人生軍団に交じったら、案外、普通に溶け込んでしまうのかもしれないな、とも思う。

階段を上ると、牧野さんの姿が見えた。

「おつかれさまです」

スーツを着た牧野さんが、微笑みながら足を止めた。

「ちょうどよかった。本山さん、机の上に営業部からのプレゼントがあるから」

「原稿ですね。了解しました」

意識的に、はきはきとした口調で答えた。営業部に模擬試験の告知原稿をずっとせっついていたから、牧野さんが何かのついでに持ってきてくれたのだろう。

「最終校正は、営業部にバックしてね」

「はい、了解です」

話す相手がみのり一人だけのとき、牧野さんはいつもとちょっと違う表情を向けてくる。親密さとか優しさとかとは違う、かつてはあったそれらの名残《なごり》のような表情を。みのりの負担にならない程度に。かといって何の助けにもならない程度に。

牧野さんは、じゃあ、と右手をあげ、一階へと降りていった。ちょっと太ったのかな、と彼の後ろ姿に思う。体重や体型というより、貫禄がついたのかもしれない。

営業部のオフィスは本館とは別の、ここから歩いて五分くらいのビルのなかにあった。近いとはいえ職場は別だから、彼とは今まで、そんなに顔を合わせることはなかった。だけど最近、マネージャーになった彼は、本館にも顔をだすようになった。

ふう、と息を吐いて、みのりは職場の広報室に入っていった。今はもう、牧野さんと会っても平気になった。二人が付き合っていたのは、もう三年以上前のことだから。

別れた後、顔を合わせるとき、どんなふうに振る舞えばいいのか、まるでわからなかった。

姿を見かけるたび胸がざわつき、声も挙動も不自然になってしまい、ただ二人きりになるのを避けていた。平然としている牧野さんが信じられなかった。

半年が経つと、少しずつ彼のことを忘れていった。考えてみれば失恋を忘れるのに、だいたいいつも半年くらいかかる気がする。半年＋一ヶ月とか、半年＋二ヶ月とか、その＋αの部分に、相手への思い入れや別れ方の理不尽さとか、そういうものが表れている気がする。牧野さんとの＋αは三ヶ月くらいだったけど、どっちにしてももう、それは三年前のことだ。

自分の席に座ると、デスクの上に原稿とＤＶＤが置いてあった。原稿には黄色い付箋《ふせん》が貼ってあって、〝模擬試験の告知原稿と写真データです。牧野〟とメモがある。

付箋を剝《は》がし、そのままゴミ箱に捨てた。付き合っていたときには、付箋のメモに小さく♡が書いてあったな、と思いだす。

もうすぐ、結婚式か……。

牧野さんが結婚すると聞いたとき、みのりの心はほんの少しざわついた。付き合っていたのは三年前のことだし、当時、結婚を意識していたわけでもない。そのざわつきは、そういう恋の苦みではなかった。

自分は三年間、何をしていたんだろう。

牧野さんはその三年間で、マネージャーに出世し、新しい恋を育み、結婚することになった。自分はマイペースと言えば聞こえがいいけど、心を高揚させたりすることもなく、ただ佇《たたず》むように三年を過ごしてしまった気がする。

正直、彼の結婚式の二次会に参加することにしたのは後悔していた。多くの同僚が二次会に招待されていて、みんな行くということだったので、深く考えず出席することにしてしまった。

――あのね、祝いたいって気持ちが、そんなにあるわけじゃないんでしょ？

同僚で友だちの中尻果歩に言われたことを思いだす。

――どっちでもいいんならね、こういうのは、行かないほうがいいのよ。

牧野さんはみのりより四つ年上の先輩だ。最初は単なるいい先輩だったけど、付き合わないか？　とある日突然言われた。

それまでもみのりは、申し込まれて付き合ったことしかなかった。自分が片思いして、その恋が実るなんてことは、大人になってからは一度もない。

自分に自信なんてなかった。自分と一緒にいてもつまらないだろうな、と思ったりする。一緒にいるとき、相手がマンガを読んだりスマホをいじったりしているのが好きで、それをずっと眺めていたかった。だってその間、少なくとも相手は楽しんでいるのだ。

相手の言うことに流され、その人に全部合わせてしまいがちな性格だ。自分では何も決められず、相手に依存し、やがて執着する。好きになりすぎて、身動きが取れなくなる。

考えさせてください、と牧野さんに返事をしたみのりは、それから何日か本気で考えた。

今までの反省を活かそうと思った。牧野さんは紳士で、落ち着いた感じだったし、みのりが理想とするみのり自身と、とても相性がいい気がした。好きになりすぎず、依存したり、執着したりせず、付き合えばいい。

そうだ、自分の意思を持とう！

牧野さんと付き合いだしてからのみのりは、それまでとは違った。デイトをしていても、今日は何時に帰ると決めたら、その時間にはちゃんと帰った。そうする自分に満足した。何食べたいと訊かれれば、イタリアンかな、と素早く答えた。本当に食べたいのかどうかは、よくわからなかった。ふふふふ、と笑うようにした。

相手が職場の先輩ということもあって、背伸びをする感じだったのかもしれない。でもきっと、こういうのが大人の恋愛なのだろう。

依存しないよう、惚れてバカになってしまわないよう、あまり相手に好きとも伝えなかった。だけど付き合っているうちに、牧野さんのことを少しずつ好きになっていった。彼は家族や仲間を大事にする、とても優しい人だ。彼はみのりにとっていつしか、すごく好きで、必要で、大切な存在になった。

でもその気持ちをきちんとコントロールできる自分しか、牧野さんには相応《ふさわ》しくない。だからみのりは、決めた時間にちゃんと帰り、イタリアンと素早く答え、ふふふふ、と笑う。

付き合って、一年が経った頃のことだ。

申し訳なさそうな顔をした牧野さんが、好きな人ができた、と、急に言った。青天の霹靂《へきれき》だった。

わかった、しょうがないね、と強がって言い、そのまま二人は別れた。みのりには何もできなかった。

家に戻ってから泣き、それから二ヶ月くらい泣きまくった。このまま立ち直れないかもしれない、と、本気で思った。きっと自分を必要としてくれる人は、どこにもいない。自分がどう振る舞い、どんなふうになろうが、自分を愛してくれる人はいない。

予備校では何事もなかった顔をして、仕事だけをこなした。だけど果歩にはわかるみたいで、あんた顔が土偶みたいだよ、と失礼なことを言われた。

やがて立ち直ったみのりだが、それから気持ちを乱されるようなことを、避けるようになったのかもしれない。一年経ち、二年が経ち、気付けば三年以上、恋人はいない。

二十八歳だった。昔は何を考えるでもなく恋をしていたけど、その頃の情熱が今はわからない。恋人なんてもうできないのかもしれないなあ、などと考えたりする。三十歳とか、もう少し経ったら、焦り始めるのだろうか、と考えたりする。

牧野さんが結婚する相手は、みのりが聞いた「好きな人ができた」の相手ではなかった。紳士的で優しく、活動的な彼は、この三年間、後ろを振り返ることなんてなかったのだろう。

何でも器用にできる牧野さんには、みのりのことなんてわからない。それ以前に牧野さんは、みのりのことを何も知らないかもしれない。彼の前で泣いたことは一度もなかったし、感情を吐きだすこともなかった。みのりは多分、ずっと何かを取り繕ってきた。

本当はわかっていた。

何かを取り繕い続けながら、恋をすることなんてできない。永遠に何かを取り繕いながら、生き続けることはできないのだ。

相手の深いところに触れないように、そして自分の深いところに触れられないように、みのりはいつまで経っても立ち合わない、永遠に塩を撒くだけの力士みたいだ。だったら自分にはもう恋なんてできないんじゃないか、というのは、いつしかみのりにとって自然な考え方になっていた。

◇

「この教室で、みなさんが取り組んでいるのは、約束ごとのある〝立花〟ではなく、〝自由花〟ですね。この〝自由花〟は、大正時代以降、盛んになったんです」

二月なかばの生け花教室は、そんな話で始まった。今日初めて参加する生徒が二人いたから、その人たちに向けての話、という意味もあったのかもしれない。

「華道の起源は、仏さまにお供えする〝供花〟だとされています。供花が室町時代から江戸時代にかけて〝立花〟と呼ばれる型に発展し、流派も分かれていったんです。その後、立花は、時代とともに変化していきます。教え自体は変わらないのですがね」

篠山先生はにこやかな表情で話した。

「一番古い記録で、一四六二年、お寺に花をいけたという記録があるようです。だけど広い意味で考えると、自由花も立花も、その起源はもっとずっと古いとも言えます。例えば縄文時代にも、死者に花が手向けられることがあったみたいですね。長野県野尻湖の遺跡で、人が埋葬された場所の、花粉の分析によってわかったそうです。他にも、今から五万年ほど前——五万年ってどんな時代かわかりますか？」

生徒たちは首を捻った。

「俗に言う氷河期です。マンモスもいました。中東にネアンデルタール人が住んでいた洞窟があるんですけど、死者が何種類もの花に飾られて、埋葬された跡があるらしいですよ」

へえー、という声が、教室に満ちた。

「花を見て、美味《おい》しそうと思う生き物はいますが、美しいとは感じていないでしょう。花を見て美しいと思うのはヒトだけです。ヒトはいつからか、花を美しいと思うようになって、そしていつからか美しい花を、身の回りに飾って誰かに見せたり、贈ったりしたいと思うようになった」

穏やかな口調で語られる言葉に、みのりたち生徒十数人は聞き入る。

「自由花というのは、まず、その気持ちを大切にすればいいんです。自由花は芸術ではなく、誰かに見てもらって、何かを感じてもらうためのものですから」

篠山先生の言葉は〝確か〟だな、と、いつもみのりは思う。先生の佇まいは若々しく、いつも穏やかで凛としている。その振る舞いの確かさはきっと、先生の言葉や人生の確かさに繋がっている。

「自由花に約束ごとはありませんので、例えば、花器を使っていけてもいいし、ワインのボトルやコンポートを使って、いけてもいい。大切なのは花に触れて、自分で考えることです。きれいに見せるにはどうすればいいか。花に触れながら考えるんです」

みのりの隣で亜也華ちゃんが、うんうん、とうなずいた。

「とはいえ、指針が何もないと迷ってしまいますよね。美しく見せるためのヒントは、たくさんあります。例えば形が与える印象というものがあります」

教室の前方にあるホワイトボードに、○と△と□が描かれた。

「田中さん、○の形からは、どんな印象を受けますか？」

「えーっと……、優しい、感じ」

「そうですね」

柔らかに微笑んだ先生は、○の下に、優しさ、穏やかさ、と書いた。

「わたしたちは○の形から、優しさや穏やかさを感じます。一方、△の形はどうでしょう？

正面から見ると、山のようですけど」

「落ち着いた感じ。……安定的な」

先生に促された亜也華ちゃんが答えた。

「そうですね。△の形からわたしたちは安定を感じます。□はどうですか？」

「んー、固いっていうか、真面目で、かっちり……きっちり」

「そうですね。○には柔らかさ、△は安定、□は固さや真面目さ、と、形で表現できることがあるんです。そして例えば、ただ○が一つあるより、二つ重ねると引きたちますよね」

ホワイトボードの○に、小さな○が重ねられた。

「それから、完全な○よりも、少し欠けていたほうが気になったりします」

視力検査のランドルト環のように、先生は○の一部分を消した。

「この形、気になりますよね？　足し算ではなく、引き算で空間を創るんです」

ボード用のペンを置いた篠山先生は、再び生徒に向き直った。

「あまり考えすぎてもよくありませんが、こんなふうに自分で楽しんでみてください。花をいける喜び、花に触れる喜びを感じながら、花をきれいに見せるには、どうすればいいかな、と考えるのが大切です」

一段高くなった教壇から降りた先生は、ゆっくりと教室の後ろに進んだ。その姿を追って、みのりたちは体ごと視線を動かす。貸し会議室のようなこの場所では、生け花教室だけではなく、毎日いろいろな教室が開かれている。

「今日の花材は三つ。主役はバラ、脇役はソリダコ、主材はニューサイランです。バラはもうすぐ届きますよ」

教室の後ろのテーブルには、いつものように花が用意されていた。立ち上がった生徒たちは、花のもとへと集まる。

瑞々《みずみず》しい緑の葉がニューサイランで、小さな黄色い花が密集しているのがソリダコだ。切ったばかりの濃厚な茎の匂いが、夏休みの朝の匂いに似ている。

「あ、ちょうどバラが届きましたね」

教室の後ろのドアが開き、大量の白いバラを抱えた透センセイが入ってきた。そのとき小さな歓声のようなものが湧いたのは、タイミングがよかったからだけではない。和服。透センセイは、墨色の紬《つむぎ》に縞柄の袴《はかま》姿で、腰の下に紺色の前掛けをしていた。

篠山先生はいつも和装だけど、透センセイの和装を見たのは初めてだ。若いのに和装がよく似合っている。落ち着いた墨色の着物に、白いバラが映えて見える。

ソリダコの隣にバラを並べた透センセイは、やがて顔をあげて一歩後ろに下がった。濃厚な茎の匂いに、バラの甘い香りがきれいに混ざった。

「では、それぞれ花を取って、始めてくださいね」

先生とセンセイに見守られながら、みのりたちはそれぞれ花を取っていった。何となく初見で自分と合いそうな花を探そうとする。主役のバラを取るとき、花と目が合ったように感じる。白いバラは爽やかで、でも一つ一つを見ると、儚げでいじらしくもある。

「花材が三種類ですから、七、五、三の割合で創ってみるといいかもしれませんね。主材が七、脇役が五、主役のバラが三。お刺身の皿もその割合になっていることが多いですね」

花を選んで席に戻ったみのりたちは、今度は道具や器を取りに行った。ハサミや剣山《けんざん》、それからいろんな種類の器が、教室の脇に置いてある。これらはいつも透センセイが、教室が始まるまでに用意しておいてくれるものだ。

道具や花を準備して、よし、とみのりは息を吐いた。これから和やかな雰囲気ながらも、真剣に花に向き合う時間が始まる。笑顔やおしゃべりも花咲くけれど、それでも花と向き合うときには静粛な気持ちになり、背筋がぴんと伸びる。行儀が悪いと、花のできもそれなりになってしまう。

月に三回、日曜午前の数時間、ほんのひとときではあるけれど、みのりにとって大切な時間だった。厳粛な気持ちで花に向き合うこの時間は、他のどんな時間とも違う。なかなか思うようにはいかないけれど、少しずつ上達してもいる。

癒される、と一言で言えば単純にそうなのだろう。だけど花に触れている間は、そんなふうには思わない。植物の茎に触れ、葉を落とし、真剣に花を見つめる。角度を考え、組み合わせを考え、決断する。一度切ったものはもう元には戻らない緊張感のなかで、あれこれ選択しながら空間を創りあげていく。まっさらな気持ちで花に向き合っていると、気付けば日々のあれやこれやは洗い流されている。

清冽《せいれつ》な緑のニューサイランをみのりは見つめた。それから優しげな黄色いソリダコを見つめる。最後に高貴で清らかな白いバラを見つめる。

青やかな生命の流れのなかに……咲いた清らかな二つの白い精神……それを優しげに支える幸福の黄色……。おぼろげに形を成していく作品のイメージを、みのりはもっと深く見つめようとする。

水際をすっきりさせようと、浅めの花器を選んだ。その上に五対八の黄金比で、花を飾ろうと考えてみる。二本のバラを構えて、方向を考える。

ニューサイランの葉の根本を、右上から左下へと斜めに切った。こうすることで、剣山に刺した葉は、右上に向かって伸びることになる。清冽さを右上に向けて、伸びやかに統一させていく。そして優しさを左に向けて、おだやかに統一させていく。

バラの葉を落とし、茎を切り、花が一番きれいに見える角度を探った。手元にある花は視覚に優しく、嗅覚もくすぐる。じっと見つめては直し、また見つめてみる。

触れながら創ることの幸福に、みのりは包まれていた。植物に触れることは、原始の記憶に触れることに似ている。創ることや、没頭することは、きっと神さまに近付くことに似ている。

人の作品を参考にしたりせず、自分自身で楽しんでくださいね、と、先生からはよく言われていた。失敗しても先生が直してくれる。直してもらってようやく、自分が表現したかったことに気付くこともある。

生け花は奥が深かった。作品は完成に向かうにつれ、理想とは少しずつ離れていく。もう少し右、と思って直しても、その結果は思ったものから離れている。微調整しようとした数ミリは、大きな印象の変化を生み、さらに調整しなければならなくなる。やがてこれ以上、自分ではどうしようもない、というところに達してしまう。

だから、完成というより、静かに足を止める感じだ。

理想ではないが、満足感はある。目の前の作品は、自分の力量から決してはみだすことはないが、力量に満たないわけでもない。背伸びをして、ちょうど手の届く辺りで、小さな声を放っている。手を止めたみのりは、しばらく自分の花を見つめる。

「できましたか?」

後ろから聞こえた声に、ゆっくりと振り返った。すっ、と立った背の高い透センセイが、みのりの花を見つめている。

「ええ。終わりました」

答えると、透センセイは静かに微笑んだ。

「見せてもらえますか?」

「はい。お願いします」

作品の正面を空けると、センセイが椅子に座って花に正対した。それからしばらく、真剣な表情で花を見つめる。

たいていは篠山先生に直してもらうのだが、ときどき透センセイに直してもらうことがあった。今日は篠山先生は新しい生徒につききりだから、透センセイが多くの生徒を見ているのだろう。

「とってもいいです」

花を見つめながら、透センセイは言った。

「二つのバラに存在感があります。色のバランスもよくて、きれいです」

「ありがとうございます」

みのりは透センセイと一緒に、自分のいけた花を見つめた。どうなんだろう、と不安だったけど、褒められると嬉《うれ》しかった。実は今までいけたなかでは、一番うまくできたような気がしていたのだ。

白いバラが映えるように、最初はニューサイランの緑が大きな背景になるようにした。だけど思いきって背景を短くして、バラの存在を際立たせた。それが思ったよりもよくて、バラの表情がでた気がする。

「これは僕が手を入れないほうがいいかもしれないですね。先生にお願いしたほうが」

「え、いえ」

驚いたみのりは透センセイを見た。

センセイはじっと花を見つめたままだった。少し角度を変えて花を見つめ、また角度を変えて、じっと見つめる。

「僕だとまだ、これをよくする自信がないです。けど……これは」

透センセイはゆっくりとみのりを見やった。

「ちょっとやってみたいです。手を入れてもいいですか？」

「え……」

そんなことを訊かれたのは初めてで、戸惑ってしまった。センセイはみのりに強い視線を投げかけてくる。

「僕が手を入れてみたくて」

「はい。もちろんです。お願いします」

みのりは慌てて答えた。目を伏せるようにしたセンセイは、それからまた花に向き直った。静かに息を吐き、落ち着いた所作で花に手を伸ばす。

見つめるみのりの視線の先で、やがて花は美しく変化していった。年下のセンセイは真剣な表情で、みのりの作品に向き合う。

彼の大きな手が花に触れるたび、自分の心に触れられているような気がした。

どうして……。みのりは少し呆然としながら、彼の手つきを見守った。手が加わるたび、花は明らかに美しくなっていく。どうして……。

どうしてセンセイはさっき、自分では自信がないようなことを言ったのだろう。小さな頃から花を習っている彼の手の先で、花はこんなにも美しく変貌していくのに……。

センセイの横顔を見つめた。柔らかな日曜の午前の光のなか、長い睫《まつげ》が微《かす》かな影を落としている。彼の透明な視線は、まっすぐに花を捉《とら》え続ける。

正面から見るよりも、横顔のほうが、その人の眼差しがわかる気がした。正面はその人が世界に向けた顔だけど、横顔にはその人の魂が見える。

花に向き合うセンセイの魂を、みのりは見つめている気がした。

◇

みのりが素直に驚きの言葉を伝えると、いや、奇跡ですよ、とセンセイは笑った。自分でもこんなにうまくいくなんて思ってませんでした。本山さんの作品に自分が引きだされたんですよ、きっと。

後で行われた全員での鑑賞会でも、みのりの作品は篠山先生に褒められた。今日のお稽古では、いつもより濃密な時間を過ごせた気がする。

「それでは、お稽古を終わります」

「ありがとうございました」

先生に挨拶をすると、生徒たちはカメラやスマートフォンを取りだし、自分でいけた花を撮影した。撮影を終えたら、後片付けをして、今日いけた作品とはさよならしなければならない。この後ほとんどの生徒は、花を包んで持って帰る。

みのりは少し前から、この撮影に凝りまくっていた。最初は何も考えずに撮っていただけだったのだが、だんだんきれいに撮りたいという欲がでて、このためだけにPENTAXの一眼レフを買った。

ちょっと大げさすぎて滑稽かな、と思いながらも、みのりは毎回、真剣にファインダーを覗き込む。自分の作品は後で撮ればいいから、先に他の生徒の作品を撮らせてもらう。それがあんまり真剣なので、亜也華ちゃんに笑われてしまった。

だけど写真を撮るのは楽しかった。被写体との距離を変えて、撮る。ピントの位置を変えて、撮る。明るさを変えて、撮る。それぞれの作品には、それぞれ別の表情がある。

花を見ることは、いけた人の心に触れることだ。その人ごとの個性が面白いし、勉強にもなる。今日の亜也華ちゃんの作品は、バラを多く使っている。田中さんの作品は、いつもちょっと寂しげだ。

後片付けを終えた生徒たちは、次々に教室を出ていった。このあと用事があるらしい亜也華ちゃんも、お先にー、と言い残して教室を出ていく。気付けば教室に、みのりは一人きりになっていた。

最後に自分の作品の写真を撮るために、みのりはカメラを構えた。自分でも気に入っていた作品は、透センセイが手を入れたことで、よりきれいな表情になった。バラの花にピントを合わせ、みのりは何度もシャッターを切る。

ファインダーから目を離し、みのりは花を見つめた。

自分はどんな心でこれをいけたのだろう。没頭していた間の心なんて自分ではわからないし、この花には透センセイの心も含まれている。花はまっすぐに、世界に正対している。

さっきセンセイの横顔を見つめていたからかもしれない。この花はどんな横顔をしているんだろう、と、ふと思った。花の横に回ってみる。ここからその花の魂が見えるのだろうか……。世界に正対する花は、どんな横顔をしているのだろうか……。

カメラの画角を決めると、思いもしなかった花の表情と、影と、重なりが見えた。みのりは少し驚きながらシャッターを切った。逆側にも回って、バラにピントを合わせてみる。世界に正対する、白い花の横顔――。

自分のしていることが、華道の教えに背いている気がした。正面から見ることを想定して創られた花の横顔を覗く。カメラに向かって表情を決めるモデルさんの横顔を、こっそり撮るような感じかもしれない。

意図された造形とは違う、表情を撮る。世界に正対する〝魂〟を撮る。

いけないことをしている気分で、でもみのりは夢中でシャッターを切っていた。

◇◇◇◇◇

エレベーターを降りた透は、花器を載せた台車を押した。一階のロビーでは、生徒さんたちが歓談している。

「透センセイ、おつかれさまでしたー」

「おつかれさまです」

笑顔で挨拶しながら、透はロビーを通り過ぎようとした。

「センセイ、和服、似合ってますよ」

「ありがとうございます」

少し恥ずかしくなりながらお辞儀をし、透は控え室へ向かった。生徒さんたちがきゃいきゃいと何かを言うのが、背中のほうから聞こえてくる。

センセイ……。最初の頃は全然しっくりこなかったけれど、今ではそう呼ばれることにすっかり慣れてしまった。当たり前だけど、三年前から助手をしているこの生け花教室以外では、センセイと呼ばれることなんてない。

控え室に入ると、祖父が洋服に着替えていた。祖父はこれから別の用事があるらしく、この後の片付けなどは任されている。

「じゃあ透、あとはよろしく頼むな」

グレーのネクタイを締めながら祖父が言った。

「うん」

愛情溢れる母方のこの祖父は、教室では透を大人扱いした。だけど二人きりになると、師匠と弟子ではなく、普通のじいさんと孫の口調になった。

透はこの祖父のことが好きだった。父親を早くに亡くした透にとって、祖父は父親代わりのようなところもあった。この教室で助手をするようになってからは、華道家としての祖父に尊敬の念を抱くようにもなった。

「また水曜にな。リンゴのこと、母さんに訊いといてくれな」

「うん、わかった」

荷物をまとめた祖父は、いつものすっとした歩調で控え室を出ていった。祖父を見送った透は、ペットボトルのお茶を飲み息をついた。他の教室と共同の広い控え室で、しばらくソファーにもたれる。帰ったら母に、祖父の家で余ったリンゴが要るかどうか、訊かなければならない。

立ち上がった透は、ロッカーの隣の鏡に映る自分を見て、おお、と一人で驚いてしまった。自分が和服姿だったからだ。

三年前からこの教室でアルバイトをしていたけど、和服を着たのは今日が初めてだ。祖父が若い頃に着ていた稽古着を借りたのだが、これからしばらく、残された稽古の日にはこれを着ることに決めていた。

和装で人前にでるのは恥ずかしかったけれど、背筋がいつもより伸びるような新鮮な気持ちだった。花器を移動させたり、花に向き合ったり、枝を切ったりする一つ一つの所作が、いつもとは違う動きをしているようだ。空気の動きや、間というものを、自然に意識させられる気がする。

だけどまだ慣れないな、と思いながら、透は前掛けを外した。片付けの作業をするのには、着替えたほうが楽そうだ。

稽古着を脱いで、デニムを穿《は》いてシャツを着て、それから控え室に運び込んだハサミや花器を片付けた。花器は後で洗ったり拭いたりしなければならないし、教室に戻って、まだ残っているものを運びだし、切りくずなどのゴミをまとめたりしなければならない。

空の台車を押し、透は再び教室へと向かった。生徒さんたちは皆帰ったみたいで、ロビーにはもう誰もいなかった。エレベーターに台車ごと乗り込んで、教室のある二階へと向かう。

二階に人の気配は全くしなかったのに、教室の扉の小窓から誰かの姿が見えた。誰だろう、と、足を止めた透は教室のなかを見やる。

静まりかえった教室に一人、その人がいた。一眼レフを構えているため、本山さんだとすぐにわかった。あんなに大きなカメラを使うのは彼女しかいない。透はしばらくの間、扉の小窓から、彼女が撮影する姿を眺める。

すごい集中力だな、と、少し可笑《おか》しかった。彼女はこちらには全然気付かず、カメラを構え続ける。清らかな集中力で、彼女はファインダーを覗き込んでいる。

きれいな人だな、と思うことがあった。教室で会うと、彼女はいつも感じよく挨拶してくれる。親密でありながらも友だちとは違う、一定の距離感があるのによそよそしくないという種類の、感じのよさ。そういうのは高校のなかにはあまりなかった関係性で、つまり彼女は自分などよりも大人なのだろう。

いい花を創る人だった。うまくいっていないときもあるけれど、発想が自由で、固定観念に縛られていない。何より作品の色がきれいだ。変にこねくり回すところがなく、茎を思いきりよく切っている（そのほうが花が長生きする）。

今日、透が手直しした作品は、いつも以上によくできていた。言葉ではうまく表せないのだが、二つのバラをこう見せたいんだな、ということが直感的に伝わってきた。

自分には直す自信はなかったのだけど、引き継ぎたくなってしまった。彼女の作品に触発されたのかもしれない。儚くも意思を持つバラの表情を見せることに、挑戦したくなった。

気付けばかなり長い間、小窓越しに彼女を見つめていた。何やってんだ、と我に返るように思った。こんなふうに見つめているのは失礼かもしれない。

撮影に夢中でこちらに気付かない彼女が驚かないように、透は一度台車を引いて、わざと音をたてながら、教室のなかへ入っていった。

「おつかれさまです」

ドアをがらがらと開けながら、声にだした。カメラから目を離した本山さんが、ぎょっとした表情でこちらを振り返る。

なるべく驚かせないようにしたつもりだったが、彼女は怯《おび》えたような表情をしていた。焦っているようにも見える。

「すみません、驚かせちゃいましたか？」

「いえ……あの、」

本山さんはまだ、息を呑んだ表情で透を見つめていた。何かを言いかけた彼女は、それから頭を下げるようにした。

「あの、ごめんなさい」

「え、何がですか？」

「……お花を横から撮るのって……だめですよね」

何のことを言っているのか、よくわからなかった。離れて立って喋っているのも変だなと思った透は、台車を押して教室のなかに入っていく。

後ろの机のところまで行って、稽古で余った花材を台車に積んだ。こちらを窺《うかが》う本山さんが、両手でカメラを持ったまま、手持ちぶさたに立っている。

「写真、どうぞ続けてくださいね」

「はい。でも……こういうのって、やっぱりまずいですよね」

「花を横から撮ることが、ですか?」

「ええ」

不安げな表情でうなずいた本山さんと、目を合わせた。

「どうしてですか?　先生にそう言われたんですか?」

「いえ。でも、お花は前を向いているわけだから……横から撮ったら悪いっていうか。前から見る人のためにいけるのに」

「いや」

ちょっと驚きながら透は言った。

「大丈夫ですよ。それはそうかもしれないですけど、写真を撮るのは別に構わないんじゃないですか?　横からでも、後ろからでも、上からでも、自由に撮ったらいいと思いますよ」

「……そっか、よかった」

本山さんは緊張を緩めるように息を吐き、やがて小さく微笑んだ。

そのとき、彼女の敬語ではない言葉を初めて聞いた気がした。それは稽古の終わった教室に、とてもよく馴染んだ。

「あ、センセイ、わたし手伝いますね」

「大丈夫ですよ。すぐ終わりますから」

透は断ったのだが、彼女はハサミや花器を集めた机のほうに向かった。

「あの……それより、いけたお花を片付けないと」

「ああ！」

足を止めた本山さんが、あははは、と笑った。

「そうですね。すっかり忘れてました」

他の生徒さんたちの花は既に片付けられていた。残っているのは透が手直しをした本山さんの花だけだ。

じゃあ、最後に、と言いながら、本山さんがカメラを構えた。

ぱしゃり、という文字で書いたような音とともに、彼女は花の写真を正面から撮った。続いてぱしゃり、ぱしゃり、と何回か音が聞こえる。

「今日のお花、すごく素敵でしたね」

「はい……何だか崩すのがもったいなくて。持ち帰ったら、またいけてみようかな」

カメラから目を離した彼女は、名残惜しそうに花を見つめ、にこやかに微笑んだ。それから新聞紙を広げ、抜いた花をゆっくりと並べていく。

「センセイ、今日はいろいろとありがとうございました」

「いいえ、こちらこそ。いい花になってよかったです。それより、本山さん」

テーブルを雑巾で拭きながら、透は何気ない調子で訊いた。

「どうして、花を横から撮ってたんですか？」

「はい、うまく言えないんですけど、横から見たら、隠れた表情みたいなものが撮れる気がして」

剣山から抜いた白いバラを、彼女はじっと見つめた。

「例えばこのバラを見て、きれいだなって、わたしたちは思ったりしますけど。じゃあ、この花はどんなふうに咲こうとしているのかなって……。その横顔が気になったっていうか」

「横顔ですか……」

花をいけるとき、横から見ても、あまりに不格好にならないように確認することはあった。だけどそれ以上のことは、考えたことがなかったかもしれない。

「あの、写真、ちょっと見せてもらっていいですか？」

「ええ……。でも、そんなちゃんとした写真じゃないんですけど」

静かにうつむいた本山さんは、カメラを手に取って、一つ二つ操作をした。

「これ、です」

受け取ったカメラの液晶画面に、花の写真が映っていた。正面から見た白いバラと、黄色いソリダゴと緑のニューサイラン。右のボタンを押し、一つずつ過去の写真へと遡《さかのぼ》ると、花の角度と表情が変わっていった。

「へえー」

と、透は声を漏らした。これは一つの発見かもしれない。

ここには確かに、美しい世界の断片があった。花の横顔——。透や本山さんが意図した角度や構図は、もうここにはない。代わりに別の意思や美しさが宿っている。

「いいですね。本山さんには、写真の才能もあるんですね」

「そんなことないですよ！」

声をあげる彼女の隣で、透は液晶画面から目を離せなかった。

「でも、そうか……、写真って、それ自体が、生け花と似ていますね」

右ボタンを押しながら、透は一つずつ花の横顔を眺めていく。

「例えば野の花を撮ろうとするときは、そのアングルや距離感で演出するわけじゃないですか。野の花には手を加えられないから、いろんな角度や距離を探るわけですよね」

「はい、そうですね」

「生け花は、距離や角度をある程度固定して、対象となる花のほうに手を加える。アプローチの仕方が逆ですけど、でも表現としては同じですよね」

透はいつになく饒舌《じょうぜつ》になっていた。

「だから、そうか。生け花でいけたものを、違う角度から撮影するってことは……つまり逆に言えば野の花を撮るときに、野の花に手を加えるのと似てるかもしれないですね。だから、背徳感みたいなものを、覚えたんですかね」

「……ああ」

最近、生け花のことを考えるのが、楽しかった。それは透にとって、自分のルーツを探るような行為に近いからかもしれない。和服を着てみたのもそうだけれど、今頃になって急に、自分を育んだ華道のことを知りたくなったのかもしれない。

透にとって生け花は、子どもの頃から身の回りに当たり前にあるものだった。だから、生け花とはどういうものか、とか、どんな意味や役割があるのか、とか、花が人の気持ちをどんなふうに変化させるのか、とか、そういうことすら考えることがなかった。

「でもセンセイ、わたしまだ、野の花って撮ったことないんです」

「そうなんですか?」

「というより、写真自体、まだこの教室でしか撮ってないんですよ」

本山さんは恥ずかしそうに笑った。片付けをしていたはずの透の手は、いつの間にか止まっている。

「じゃあ今度はぜひ、野花も撮ってみてくださいよ」

「そうですねー、外の花、気をつけて探してみようかな」

花を束ねながら、彼女は楽しげな声をだした。彼女は透とは違って、おしゃべりをしながらも、着実に自分の花を片付けている。

「撮ったら、ぜひ見せてください」

「はい、じゃあ、いつか。もし、うまく撮れたら」

「ええ、そのうち」

そのうち、という言葉が自分の口からでたとき、胸の奥がぴくりと反応した。それからすぐに、そうだった、と透は思いだす。

「……あの、実は僕、三月いっぱいで、この教室に来られなくなるんです」

「え?」

本山さんは花を包む手を止め、驚いた顔をした。ゴミをまとめる作業を再開していた透も、手を止めて彼女と目を合わせる。

「みなさんにはまだ伝えてないんですけど、実は四月から、東京の大学に行くことになって――」

高校を卒業してから二年が経とうとしていた。母子家庭ということもあって、高校生のときは大学に進学しようとは思っていなかった。それより何か手に職をつけて、ということを考えていたのだが、実は自分のやりたいことも、自分には何が向いているのかということも、よくわかっていなかった。

大学に行こうと思ったのは、卒業して一年が経ってからだ。そう決めたら、憑《つ》きものが落ちたみたいに、そこに気持ちが向かっていった。透は誰にも何も言わずに、黙々と勉強した。生け花教室の他に、バーテンダーのアルバイトのシフトも増やし、お金を貯めようとした。

母親に話したら、反対されるに違いないと、なぜだか思い込んでいた。だから志望校を決め、願書を出し、受験料を支払い、あとはもう試験を受けに行くだけという状態になってから、母親にそのことを告げた。すると拍子抜けするくらい、あっさり理解してくれた。自分は一体、何をこれほどまで後ろめたく感じていたのか、と思うほどに。

だめだったらすっぱりあきらめようと思っていたけど、試験は思ったよりもうまくいった。合格通知を受け取ったのは、つい先日のことだ。透は四月から、東京の人になる。

「センセイ、おめでとうございます！」

「……え？」

ゴミ袋の口を結んでいた透は、また手を止めた。

「え、じゃないですよ。合格、おめでとうございます。よかったですね」

本山さんは溢れるような笑顔で言った。

考えてみれば透はそれを、母親と祖父にしか告げていなかった。二人から、よかったね、とか、そうか、よかったな、などと言われたけど、おめでとうございます、と言われたのは初めてだった。世間から見れば、単なる二浪なわけだし、祝杯をあげるようなことではない気がしていた。

「……ありがとうございます。何だか嬉しいです」

「何だか？」

本山さんは笑いをこらえるような表情をした。

「センセイ、もっと喜んでくださいよ。こんなにおめでたいことはないんだから」

「……そうなんですかね？」

「そうですよ！　わたし、合格おめでとう、を言うための職業に就いてますから、何度でも言いますよ」

そういえば本山さんは予備校に勤めているという話だった。

「このお花、あげちゃいたいくらい」

新聞紙で巻いた花束を差しだすふりをして、本山さんは、あははは、と笑った。透も急激に嬉しいような気分になって、少し笑った。

「じゃあ、センセイは、向こうで一人暮らしをするんですか？」

「はい。この教室を続けられないのは残念なんですけど」

二月の教室があと一回で、三月が三回で、と、透は数える。

「教室に来られるのは、あと四回ですね」

「そっかー」

本山さんは微笑みながらうなずいた。

「じゃあ、これから寂しくなりますね」

寂しくなる……。

本山さんは本当に寂しそうな顔をしていて、でもそこには少し儀礼的な色もちゃんと混じっていて、そのことに優しさを感じた。こういうのはやっぱり、高校の教室のなかにはない、大人と大人の距離感なのだろう。

「頑張ってくださいね。大学生活」

「はい、頑張ります」

「おめでとうございます」

「ありがとうございます」

二人は笑い、また片付けを始めた。

「もしかしてセンセイ、それで和服を着たんですか?」

「そうなんですよ。あと少しだから、何でもやっておこうと思って、でも……」

一緒に教室を出た二人は、エレベーターの前で足を止めた。

「この一年は勉強とバイトしかしてなかったから、ちょうど今、エアポケットに入ったみたいに、やることがないんですよ」

「へえー」

やがて到着したエレベーターに、透は台車ごと乗り込んだ。一緒に乗った本山さんが、開、1、閉、とボタンを順に押してくれる。

彼女は自分よりずっと背が低いんだな、と、隣に立って透は気付いた。吊るされた密室のなかで、二人は何も喋らなかった。エントランスのところまで歩いてから、二人は簡単に言葉を交わした。

「それじゃあ、センセイ、また次回に。おめでとうございました」

「はい、ありがとうございます」

軽くお辞儀をした彼女は、花の束を抱えて自動ドアの向こうに去っていった。

◇◇◇◇◇

「なにそれ、その人、イケメンなの？」

果歩が興味津々の顔で訊いてきた。

「……そうだね、多分、イケメンだね」

「多分ってなに？　どっちなのよ」

「いや、格好いいし、モテると思うよ」

自分と同じクラスにいる高校生だったら、と考えてみると、センセイは少し異色のクラスメイトかもしれない。大人っぽくて、礼儀正しくて、立ち居振る舞いがきれいで、素朴にクールという感じで、ちょっと底が見えなくて、和装が似合う……。生け花をする男、略してイケメン、などとくだらないことを思い、みのりは、ぷっ、と笑った。

「ちょっと、なに笑ってるの？　みのり気持ち悪い」

果歩は、うははは、と笑い、ビールを飲んだ。同い年の果歩は、今は会社で渉外の仕事をしている。


――どことなくもやっとした毎日を送っていると、喉が渇くよね。


仕事で日本全国を飛び回っている果歩は、ときどき不可思議なメールを送ってきた。

――水曜はどう？――うん、いいよ。――タイ料理行こうか？

それから二人は簡単に約束をして、仕事終わりに飲みに行く。

以前は果歩の恋愛話をしながら飲むことが多かった。別れようかどうか迷っている、などと深刻な話を聞いても、次に会ったときはもう別の人の話になっていたりする。その次に会うと、また別の恋人との別れ話になっていたりする。

だけど最近ではそんな話もなかった。気付けば半年以上、果歩にちゃんとした恋人はいない。果歩はこの状況を〝モテ期の終わりの始まり〟と言っている。

「けど、そんな若いセンセイがいるんだね。生け花教室って女の先生のイメージだけど」

グラスに注いだシンハービールを、果歩は勢いよく飲んだ。

「うん、センセイっていっても助手みたいな感じで……、あ、本当の先生も、七十代の男性だよ」

「ああ、そういえば前に言ってたね」

「うん。あのね、もともと生け花って、お寺から始まったわけだし、男性社会のものだったんだって。九州では今でも、お正月にお花をいけるのは男の仕事らしいし」

「ふーん。だけど、年下のセンセイって……何か響きがエロいね」

「全然、エロくありません」

果歩はお花の話にはほとんど興味を示さず、センセイの話にばかり食いついてきた。普段からサバけた発言の目立つ彼女は、ヤムウンセンを食べ、またビールを飲む。

「みのり！」

何かいいことを思いついたときのトーンで果歩は言った。

「そのセンセイ、狙っちゃおうよ！」

「あのさ……、絶対それ言うと思ったけど、全然そういうんじゃないから」

「いいじゃない、そのセンセイ、えーっと……何て名前だっけ？」

「透センセイ」

「そう。みのりはその透センセイに、手取り足取り、お花を教えてもらってるんでしょ？」

「足は取らないけど」

「うんうん。それでね、お花以外のことは、みのりが手取り足取り教えてあげるの。センセイ、今日はわたしが教えてあげますね、って」

「何を言っているのか、ちょっとわかりかねるんだけど」

あはははは、と笑う果歩をにらみ、みのりはシンハービールを飲んだ。それからタイ風さつまあげを食べる。

センセイか……とみのりは思う。異性として意識したことはないけれど、実はちょっと、どきどきしたことはある。だけどセンセイはセンセイだし、というより、みのりはセンセイを見ていると〝成長する青年〟を見ている気になる。

彼の人生がどうなるか、きっとまだ彼にだってわかっていないだろう。〝彼の今〟は、生け花をするときの、ある瞬間に似ている。どんな花が完成するのかはまだわからないけど、漠然とした理想が幻のような形となって見える瞬間。手のなかで移ろっていく作品のなかで、まだ捉えられるかどうかもわからない理想を、捉えられるかもしれないと思う瞬間。今まさに彼はそういう時期にあるんじゃないだろうか。

――僕が手を入れてみたいんです。

そう言ったときの彼の表情を、みのりは思いだした。

控えめなセンセイがふとした瞬間に凛となるとき、その意思や表情を見るとき、みのりはそれを〝目撃した〟という気分になる。

「でも、そのコ、東京行っちゃうんだよね」

「うん。あと一ヶ月くらいかな、こっちにいるのは」

「そっか、そういう季節だもんね……」

二月の教室はもう終わったから、センセイに会うのもあと三回だった。これからも花は続けるし、篠山先生にはいろいろ教わるだろうけど、この前白いバラをいけたときのような感動を味わうことは、もうないのかもしれない。

「センセイは、東京に行ってしまうのね」

都会の絵の具に染まらないでー、とか何とか、果歩はとてつもなく古い歌を口ずさんだ。それからトムヤムクンをスプーンで啜り、辛すぎたのか少しむせて、また啜った。

「ねえ、果歩。そんなに気になるなら、教室に来れば？　体験授業もあるから」

「うーん、それ今考えてたんだけど、どうかなあ……」

「えー、来ればいいのに。楽しいよ、本当に」

誰かに何かを習う楽しさを、みのりは知った。毎回、花を前にすると、わくわくする。花を触るのは楽しくて、最近は写真を撮るのも楽しい。

　みのりは美術系の専門学校をでた後、しばらくイラストやデザインの仕事をやっていた。もともと色や形や、それを含む空間について考えるのが好きだった。手を動かして色や形や空間を創るというのは、人間の根源的な欲求なんじゃないかな、と思う。

「けどさ、」

　果歩はため息をつくように言った。

「日曜の午前でしょ？　何か週末は最近、寝だめする感じだし。あまり出歩く気にならないんだ。土曜に仕事することも多いし、洗濯とかするだけで精一杯だし」

　仕事は潑剌《はつらつ》としているし、それ以外の生活も充実しているように見える果歩だったが、最近はデイトなどもしていないようだ。

「みのりって、最近、週末は何してるの？」

「んー、もうすぐ年度末だから、出勤するときもあるし……日曜は生け花教室に行って、あとは……あ、そうだ。最近、写真を撮るようになったよ」

「写真!?」

「うん。カメラ持って散歩したり、ちょっと遠出したりして、花を撮るの」

「花の写真？　なにそれ、楽しいの？」

「うん、うまく撮れると嬉しいよ」

「……あのさー、」

果歩はパパイヤのサラダをつまんだ。

「そういうのばっかり充実してるのはヤバいよ」

「何が？」

「何がって、みのりってもう、三年以上、恋愛してないでしょ」

「……ああ、……うん」

ビールをちびり、と飲んだ。恋愛なんていうのは、今のみのりにとって、遠い国の古いおとぎ話のように感じられる。

「もうすぐだよね、牧野さんの二次会」

「ああ……」

行かなきゃいいのに、と果歩に後で言われたけど、参加に○をつけてしまったのだった。

みのりが牧野さんから別れを告げられたとき、一番憤慨していたのは果歩だった。

「果歩も行くんだよね？」

「うん。一応、昔は営業部の直属の先輩だったしね」

果歩はみのりをちら、と見た。みのりは行っても大丈夫なの？　と訊かれるかと思ったけれど、訊かれなかった。

「最近、二次会が多いよ。めでたいんだけど、ちょっとめんどくさいよね」

「そうだねー。お金もかかるしね」

二人は少し黙ってビールを飲んだ。

「当日、どこかで待ち合わせて一緒に行こうか」

「うん、そうしようか」

二月最後の水曜日、二人はタイのビールや料理によって、日常や過去を代謝する。

「そうだ！　みのり、カメラ持ってきたら？」

ふふ、と笑いながら、果歩が言った。

「あー、それはちょっと……嫌だねー。嫌すぎるね」

「だよねー。元カレの結婚式の写真なんて、撮らないよねー」

ふっふっふ、と果歩は笑い、みのりも笑う。

タイ料理やシンハービールがあって、気の置けない友だちがいて、みのりたちの生活はどうにか回っている。

地下一階へと続く階段で、しばらく列に並んだ。一歩ずつ前に進み、左に曲がり、受付と会計を済ませ、笑顔を作る。

——はい、チーズ。

うにー、と出てきたチェキを受け取り、みのりは会場のなかに入っていった。

「結構、並んだねえ」

ぱたぱたぱた、と、撮ったチェキを振りながら、果歩が言った。うん、と返事をしたみのりもぱたぱたぱたとやっていると（いつも思うのだが、こんなのがきくのだろうか）、入り口のところにいた女の子にペンを渡された。何でもチェキのシートにメッセージと名前を書いて、後でビンゴに使うらしい。

「〝ステキな思い出をありがとう♡みのり〟って書きなよ」

「書かないよ！」

だけど一体、何を書けばいいのだろう、とみのりはしばらくチェキのシートの空白を見つめた。ぱたぱたがきいたのか、やがて控えめに微笑む自分が、印画紙に浮かびあがってくる。気の利いた言葉なんて思いつかないし、書きたいことを書くには多分、その空白は小さすぎる。

——おめでとうございます。末永くお幸せに。本山みのり

紫色のペンで、メッセージを書き込んだ。

牧野さんと付き合った時間や、喜びや悲しみや、別れてから過ぎた時間が、その控えめなメッセージに溶けていく気がする。ふっと心の奥で舞うような気持ちは、悲しみなのか、切なさなのか、それとも寂しさに似た気持ちなのか、みのりにはわからない。

「チェキは、こちらの箱にお願いしまーす」

若い男の子（多分、新婦の友人だろう）が抱えた箱に、みのりはその気持ちを投函した。

果歩は、おめでとうゴザイマス！　また飲みマショウ！　などとピンクの文字で書いている。

「昔、付き合ってた男が、富士フイルムの子会社の社員でさ、」

フロアの中央に向かいながら、果歩が言った。

「インスタントカメラのことをポラロイドって言うと、きりっ、と否定するんだよね。ポラ

ロイドはポラロイド社のカメラだって」

「へえー」

人には様々な思い出があって、それは様々な場所でよみがえるようだ。地下一階のフロアのなかには大きなテーブルが幾つかあって、壁際には椅子がずらっと並んでいる。

「こんにちはー」

「あー、こんにちは。おつかれさまです」

なかほどのテーブルで、職場の知った顔の人たちと合流した。みんなパーティならではの格好をしている。職場では普段堅い格好しかしないから、新鮮な印象を受ける。

ところどころから、歓声や笑い声が聞こえてきた。ざわついて浮ついた会場はもうパーティ気分に満ちている。


——御来場のみなさま、本日はお忙しいなか、正幸さん・智美さんの結婚披露宴二次会にご参加いただき、ありがとうございます。

天井にぶら下がったスピーカーから、司会者の声が聞こえてきた。挨拶する司会者二人に、ぱちぱちぱちぱち、と拍手が湧く。

――本日の幹事&司会は、新郎の高校時代からの友人である私、青柳と、同じく大須が務めさせていただきます。開宴まで少々の時間がございますので、もうしばらくお待ちくださ い。えーなお、本日はビール・ウィスキー・ワイン・ウーロン茶・オレンジジュースなどのお飲み物を、カウンターにてご用意しております。みなさまご自由にお取りください。

会場にはもう、百人近くの人が入っていた。脇の椅子に座ることもできるけど、基本は立食のパーティらしい。何人かの人はもう、手に飲み物を持っている。職場の人たちと一緒に、みのりと果歩はフロアの後ろにあるカウンターに向かった。

「あや！　果歩さん、こんにちは！」

三つ下の後輩の桃田くんが話しかけてきた。

「いやあー、先輩、今日も一段と美しいですね」

「そう？」

どうやら桃田くんには、果歩の教育が行き届いているようだった。

果歩は黒のシンプルなワンピースを着ていた。ドレッシーなシルク素材で、大きなカラーストーンのネックレスが、よく映えている。足下はゴールドの細いストラップヒールだ。

「いやあー、先輩が眩《まぶ》しすぎてサングラスが必要っすね。UVカット？　いや、紫外線はカットできても、果歩さんの美しさはカットできないっすよね、まじで」

「なに、あんた、もう酔っぱらってんの？」

あーん？　と、首を傾《かし》げる果歩の耳元で、ぶら下がるタイプのピアスが揺れていた。

「いえ、本当にきれいっすよ。あ！　本山さんもいつもながら、きれいですね」

「ありがとー。桃田くんもスーツが似合ってるよ」

「いやいやいや、僕なんか、どこにでもあるつまんないコケみたいなもんっすよ。コケ」

みのりは青いワンピースを着ていた。髪の毛はハーフアップにして、フレンチネイルをして、フープピアスもつけてきた。久しぶりのヒールに、自分の視線の高さを感じる。

結婚式の二次会が多すぎて面倒くさい、と愚痴っていたみのりたちだったが、やっぱりときどきこういう服を着て、背筋を伸ばして出かけるのは、必要なことなのかもしれない。

「けどこのフロア、ライト要らないんじゃないかな？　お二人だけで何ルクス？　何ギガルクス？　眩しさは十分足りてますよね。ってかアレですね。太陽？　そろそろ太陽も必要なくなるんじゃないですかね？」

桃田くんの発言に笑っていると、また司会者の声が聞こえた。

――えー、みなさん、お待たせしております。まもなく、結婚式を終えた二人がこちらに到着いたしますので、もうしばらくお待ちください。なお、新郎新婦は後方入り口よりの登場となります。二人が入り口に立ちましたら、テーブルの上にありますクラッカーを一斉に鳴らしてください。

午後四時を過ぎた会場にはほとんど全員が入ったようで、パーティの雰囲気が高まってきた。飲み物を持ってテーブルに戻り、幾つか置いてあったクラッカーをそれぞれ手に取る。

「みのり先輩、こんにちはー。果歩先輩も」

「あー、亜也華ちゃん！」

亜也華ちゃんはピンクベージュのワンピースを着ていた。ウエストのところで少ししぼってあって、羽衣のようなストールがかかっている。品のいいパールのネックレスに、一粒ダイヤのピアス。手元のネイルには可愛いお花がついていて、少し厚底の高いヒールを履いている。

「披露宴は、どうだったの？」

と、果歩が訊いた。亜也華ちゃんは牧野さんと同じ営業部ということもあって、上司と一緒に披露宴から参加したらしい。

「えーっと、結構人数いましたよ」

部長の挨拶が長かった、とか、牧野さんの弟さんが格好よくてー、とか、ひとしきり披露宴の様子が語られる。

「亜也華ちゃん、その髪型、似合ってるね」

会話の間隙を縫うように、桃田くんが亜也華ちゃんの髪を褒めた。

「そうかな?」

亜也華ちゃんは編み込みの入ったアップの髪型にしていた。

「うん。すごく新鮮で、いいと思う」

つぶやきのようでいて、真剣な口調だった。

「ありがとう」

爽やかに話す二人を見て、果歩が、ちっ、という感じに、こっちはマジなやつだよ、とつぶやく。


——えー、ただいま新郎新婦の到着が少し遅れております。わたくしは大丈夫なのですが、隣の大須がそろそろ飲みたくて、うずうずしているようであります。ん? 乾杯? 飲んじゃう? ってダメだろ。でもいいか、飲んじゃおっか? うん、うん、わかった、わかった。

二人のわざとらしいやりとりを、会場のみんなが笑顔で見守っていた。牧野さんの高校時代からの友人という司会者は、ずいぶん司会慣れしているようだ。

――あー、失礼しました。みなさん、全体の乾杯はまだですが、先に乾杯しちゃいましょう。それでいいんだよな？　大須。よし、ではみなさん、こいつが、乾杯の音頭を取らせていただきます。

あははは、と笑いながら、会場のみんながグラスを掲げた。

――では、みなさん、二次会、盛りあがっていきましょう！　乾杯！

あちこちで乾杯の声があがり、みのりたちもグラスを合わせた。

「お花きれいですね。結局、お店の人が用意したのかな？」

亜也華ちゃんがテーブルの花に目をやった。テーブルの中央には白と薄いピンクのバラが可愛く飾られている。

「これ、実は、わたしも頼まれてたんですよ」

「そうなの？　このお花？」

「はい。披露宴からの移動もあったんで、無理ってなっちゃったんですけど」

もう二年以上生け花を習っている亜也華ちゃんは、牧野さんから二次会のフロアのテーブル装花を頼まれたらしい。

「へえー。亜也華ちゃんの花、見たかったな」

「ええ。わたしもやりたかったんですけど……」

テーブルの花を見つめていた亜也華ちゃんが、みのりのほうに顔をあげた。

「みのり先輩、今度、誰か結婚するときは、一緒にやりましょうよ」

「え！　でも、できるかな」

生け花というよりはフラワーアレンジメントという感じだけど、こういうのもやってみたら楽しそうだった。もちろん元カレの披露宴の二次会ではやらないけど。

「できますよー。わたし一回、ああいう華やかなのもやってみたいんですよ」

亜也華ちゃんはメインテーブルのほうを見やった。そこには白や黄色や橙《だいだい》色の花が、こんもりと飾られている。

「わー、いいね。わたしもやりたいな。やってみよっか、亜也華ちゃん。一緒にやるなら、わたしにもできそうだし」

「はい！　やりましょう。次、誰が結婚するかなー」

「ね、早く誰か結婚しないかな」

お花を習っていることで誰かの役にたてるなんて、あまり考えたことがなかったけれど、実現したならすごく嬉しいことだ。盛りあがる二人を、果歩が冷ややかに見ている。

――みなさん長らくお待たせいたしました。新郎新婦が到着したようですので、盛大な拍手と、おめでとうのお言葉でお迎えください。それでは入り口より、新郎新婦の入場です！

会場の照明が落ちて、コールドプレイの「Viva La Vida」が鳴り響いた。おおー、という声とともに、全員の視線が入り口のほうに集まる。やや間をおいてスポットライトが新郎と新婦を照らしだした。

おめでとう！　の声とともに、会場は一気に祝福のムードに包まれた。深々とお辞儀する二人に向けて、ぱん、ぱぱぱん、とクラッカーが鳴り、フラッシュが焚かれる。

顔をあげた二人は、拍手と歓声のなかをゆっくりと進んだ。祝う人の笑顔に、新郎も新婦も笑顔で応える。きれいー、と、カメラを構えた亜也華ちゃんが声をあげる。

小さく拍手をしながら、みのりは二人を見つめた。牧野さんはみのりたちに向かって、おお、と話しかける感じに笑った。新婦も後ろから、微笑みながら会釈をする。フラッシュや歓声をひとしきり浴び、二人は音楽とともに次のテーブルへと向かう。

新郎新婦の席まで歩いていった二人が、こちらを振り返って、またゆっくりと頭を下げた。この日一番の大きな拍手が湧いて、クラッカーが、ぱん、ぱぱーん、と鳴る。

――新郎、申し訳ない！　到着が遅かったので、我慢できなくて先に飲んじゃってました。

わはははは、と笑い声と拍手が混ざった。牧野さんも笑いながら、何か言葉を司会者に返している。

――でもこれから正式な乾杯をしますから。新郎、乾杯の合図を、宜しくお願いします！

牧野さんと高校の友だちとの関係性が新鮮だった。いつも大人な印象の牧野さんが、今は伸びやかで親密で、無邪気な笑顔を見せている。

その隣で感じよく笑う新婦の智美さんが、とても可愛らしかった。きっと両親や友だちに愛されて育ってきたのだろう。並んで微笑み、目と目を合わせ笑い合う新郎と新婦が、とてつもなくお似合いに見える。

人の営みの美しさや希望を、抽出したような光景だった。二人の互いを見る眼差しは優しく、柔らかで、清らかな愛に溢れている。二人が一緒にいるなら、どんな困難だって乗り越えられる。きっとここには今、幸せしかない。

ここが祝福の場だから、そんなふうに見えるということはわかっている。だけど、牧野さんとみのりの過ごしてきた時間なんてものは、瞬きとともに消えてなくなってしまったかのようだった。

乾杯をして、挨拶を聞いて、ケーキカットに拍手をした。料理を食べて、ワインを飲んで、新郎新婦のスライドショーを見た。やがてビンゴが始まったが、まるで当たらなかった。

◇

——それではみなさま、しばしご歓談ください。

テーブルまで来てくれた新郎新婦に、おめでとうございます、と伝えた。ありがとう、と新郎には何事もなかったかのように言われたけど、もしかしたら本当に何もなかったのかもしれない。新郎新婦を中心に撮った写真の隅で、みのりは小さくピースサインした。

パーティの音楽とざわめきに巻かれ、みのりは少しだけ酔っていた。果歩や亜也華ちゃんと喋っていると、新婦の会社の同僚だという三人に声をかけられた。

「どーも。正幸さんの会社の方ですか?」

「はい、あ、それ当てたやつですか?」

亜也華ちゃんが明るい表情で訊いた。みのりたちは誰もビンゴを当てることができなかったが、その三人は景品だったうまい棒を大量に持っていた。何でも三人のうち二人が、五等を取ったらしい。

「えー、すごーい、ラッキーですねー」

そんなにすごいとも思えないのだが、亜也華ちゃんは手を叩いて喜んでいた。

「こいつらはいいんすよ。けど、おれだけリーチもしなくて。まじへこみましたよ」

「えー、そうなんですね、すごーい」

声が甲高いのが浦上くんで、いまいち特徴のないのが太田くんで、金色の時計を光らせているのが今村くんというらしい。会う人が全員年下というのは、最近ではあまり珍しくない。

「亜也華ちゃんか、いい名前だね」

三人はやはりというか、亜也華ちゃんに己をアピールしたいようだった。

「おれと太田は、みなさんの予備校に行ってましたよ。これ、まじで運命っすね」

そうかも、すごーい、と返す亜也華ちゃんに、彼らはぺらぺらといろんなことを話した。みのりも相づちを打ちながら聞いていたのだが、内容が薄すぎて、ほとんど頭に入ってこなかった。きっと果歩も同じだろう。

なぜだか嫌いな食べ物を訊かれて、みのりは、特にないなあ、と答えた。果歩もない、と答え、亜也華ちゃんもないかなあ、と答えた。彼ら三人は嫌いな食べ物を、幾つもあげていった。

今村くんはイギリスに行ったとき、食べ物が美味しくなかったという話を長々と語った。

太田くんの話は、特に印象に残らなかった。浦上くんはシャコが嫌いで、理由が〝化石みたいだから〟というのはちょっとだけ可笑しかった。

趣味の話や、テレビ番組の話や、仕事場の上司の話や、パソコンの機種や、住んでいるところのことや、今村くんが最近買った時計の話が続いた。

「すごーい、その時計、時間がわかるんですねー」

男子相手だと特に天然発言の目立つ亜也華ちゃんだが、本日もそれが炸裂していた。

「最強の動物って何だと思いますか？」

突然、浦上くんがそんなことを訊いた。

「えー、ライオンですかねえー」

亜也華ちゃんは、ふわふわと答える。

「ゾウっすよ、ゾウ。おれもライオンだと思ってた時期がありましたけど、友だちに言われて考え変えたんです。結局、ゾウっすよ」

浦上くんは力説した。ゾウじゃねえよ、クマだろ、サイだろ、キリンだろ、などと他の男子たちが盛りあがり始めた。その傍らで果歩が、「ラーテルよ」と小さく口を開いた。

「ねえ、ラーテルって何？」

みのりは、果歩に向き直った。それはなかなか聞き逃せない単語だった。

「サバンナの珍獣。イタチの仲間なんだけどね」

果歩は昔からどうしてだか、サバンナの動物に詳しかった。

「六十か八十センチくらいの小動物なんだけど、ライオンとかスイギュウにケンカ売ったりするから。気性が荒いし」

「六十センチ……って、でもそんな小さくて勝てるの？」

「うん。攻撃力はそんなにないけど、防御力が異常に高いから。皮膚が分厚いゴムの鎧《よろい》みたいなんだって。コブラの毒も効かないらしいよ。コブラをばりばり食べてね、猛毒で気絶しちゃうんだけど、しばらくすると、むくり、って起き上がるんだって。ぷっ、可愛い」

「へえ！　可愛いかも」

「あとね、鳥が蜂の巣を見つけると、ラーテルに場所を教えに来るんだって。それでラーテルが、蜂の巣をぶんぶん壊して食べてる間に、鳥はおこぼれにあずかるの。ウケる」

ラーテルという珍獣について熱心に話し込む二人をよそに、隣ではまた何か違う話が始まっていた。

「えー、すごーい」

亜也華ちゃんの声が聞こえた。耳を傾けると、今村くんが英語が得意という話だった。

「おれがカナダにいた頃はさ、やっぱり、あっちの人間はフレンドリーでいいと思ったよ」

今村くんが半年くらいカナダに住んでいた話が長々と続いた。ふん、ふん、とうなずきながら、果歩はワインを飲む。

それから彼がニューヨークに数週間滞在した話になって、その後、オーストラリアやイギリスに旅行した話になった。ドイツやイタリアや中国にも行ってみたい、と今村くんは語る。彼はいつか海外に住みたいと思っているらしい。

「九州に住むのも、北海道に住むのも普通でしょ。それと同じで、海外に住むってのは普通のことだと思うんだよ」

今村くんは亜也華ちゃんの目をじっと見つめ、それからみのりと果歩の目を、ちら、とだけ見た。

「もちろん、将来、おれは日本に住むかもしれない。けどそれは、選んだうえで住みたい」

彼は遠い目をして、それから熱っぽく語った。

「おれはたまたま日本に生まれただけで、それは、おれが選んだわけじゃないし、おれの意思じゃないでしょ？　おれはかつてカナダに住んでいたし、ニューヨークにも行ったし、オーストラリアにも行った。これからヨーロッパのいろんな国にも行きたい。自分でいろんなところに行ってみて、それでその後、日本に住むってことを、自分で選択したいんだよ」

「へえー、すごーい」

と、亜也華ちゃんが言い、果歩がワインを飲み干した。みのりは曖昧《あいまい》に微笑み、浦上くんと太田くんは、うん、うん、とうなずいた。会場の前方で、司会者がマイクを片手に、新郎に何かを確認している。

「あ、そろそろ終わりみたいですね。この後どうします？　よかったら三次会とかどうですか？」

浦上くんが甲高い声で言った。

「あー、ごめんなさい。この後ちょっと用があるんですよー」

すごーい、を連発していたわりに、亜也華ちゃんはあっさりと断った。

「わたしもちょっと約束があるんです。もしよかったら、また誘ってください」

連絡先を交換していないくせに、果歩がそんなことを言った。


――みなさま。宴もたけなわですが、楽しい会も、そろそろお開きのお時間となりました。最後に、新郎から締めのお言葉を賜ります。正幸さん、どうぞ宜しくお願いします。

司会者の言葉に、みのりたちは顔をあげた。立ち上がった牧野さんに、会場から盛大な拍手が湧いた。

◇

「みのり、この後って、何かある？」

「ううん。ないよ」

会場を出てすぐに、果歩とみのりは話した。

「ちょっと、もやもやするからさ、飲み直そうよ」

「いいけど。果歩さっき、この後、約束があるって言ってたよ」

ふふ、と果歩は笑い、みのりも笑った。

素敵な二次会だったと思う。司会者は愉快で、進行は滞りなく、全体の雰囲気もよかった。何よりみのりはちゃんと、元カレのことを祝えたのだ。

でも後半の三人とのトークが、何だかもやもやした。立食で疲れていたこともあるけれど、一杯か二杯、どこか適当なバーでゆっくり飲んで、それですっきり家に戻りたかった。

「いやあー、もやもやするわー」

繁華街を早足で進む果歩は、カラオケを勧める呼び込みを完全黙殺した。行くあてはないようで、んー、とか言いながら、左右の店を確認しながら足を進めている。雑多に並ぶ赤や白や黄色の看板を、二人は通り過ぎる。

「あそこ、よさそうじゃない?」

「うん、いいね」

騒々しい雰囲気が、ふっ、とやんだような一角だった。二階建ての民家にも見える建物に、「BAR SAKUMA」と表札のような看板がかかっている。木製の扉を開けると、店内は気取らない感じの、ちょうどいいほの暗さだ。

入り口を入ってすぐの席に二人は座り、コートを脱いだ。微かにジャズミュージックが聞こえる。長いカウンターの向こうの壁に、いろいろなお酒が並んでいる。感じよく迎えてくれたバーテンダーに、二人はお酒の相談をした。

「じゃあそれをお願いします」

「わたしも、同じもので」

「かしこまりました」

お店では今日、自家製サングリアを作ったらしい。三種の果実をワインにつけ込んだというそれは、もやもやするからすっきりしたい、などという理由でここまでやってきた二人の気分にとても合っていた。

「いい店だね」

「うん」

さらさらと木漏れ日のようなジャズが、耳に心地好かった。長いカウンターの向こうに、二組くらいのお客さんがいる。このあと二人は、驚きの出会いをすることになるのだが、そのときはまだ何も気付いていなかった。

「美味しい！」

「うん」

バーテンダーが注いでくれたサングリアで、二人は小さく乾杯した。体のなかに爽やかな柑橘《かんきつ》をしぼったような感じがした。喉が渇いていたんだな、と、みのりは今さら気付く。サングリア、美味しいな。

半分くらい飲んだあたりで、んー、と果歩が首を捻った。

「んー、だーけどなーんかまだ、もやもやするなー。さっきの男の話。今村だっけ？」

「まだ言ってるの？　もういいじゃない」

「うーん、いいんだけどね。いいっていうか、その通りなんだけどねー」

果歩は、んー、んー、と言いながら、また首を捻った。

「だってね、自分で選んで日本に生まれたわけじゃないから、他のところに住んでみて、そのうえで日本に住むことを選びたいって……。なんか真っ当なことを言われた気がするし」

「真っ当なんだったら、それでいいんじゃないの？」

みのりは苦笑しながら、果歩を見た。反論したくてたまらないのに、相手の言い分が真っ当すぎて何も言えなくて、もやもやし続けているのだろう。

「んー、けどなー」

「いいじゃん。サングリアが美味しいしさ」

そのとき、からん、と音がして、新しいお客さんが入ってきた。一人で入ってきたその男の人が、カウンター中央の空いていた席に座る。

「いらっしゃいませ」

バーテンダーが柔らかな表情で彼を迎えた。

「ビールと、あと、ちょっと食べていい？　いつものある？」

「ええ、カレーライスとカルボナーラなら、できますよ」

「じゃあ、カルボナーラ」

「はい、若いのが作りますね」

常連らしきその人に、バーテンダーが微笑んだ。グラスに手をかけた果歩が、サングリアを飲み干す。

長いカウンターがあって、お酒がずらりと並んでいて、奥のほうにテーブルが一つだけあるその店だったが、カルボナーラなんてものを食べられるようだった。キッチンはなさそうだけど、みのりたちのいる左手の奥にドアがあるから、その向こうに調理スペースがあるのかもしれない。

バーテンダーは新しいお客さんにビールを出し、同時に向こうからもう一人のバーテンダーがみのりたちのほうに歩いてきた。〝若いの〟と呼ばれたその人が奥でカルボナーラを作るのかな、と、サングリアを飲みながら、みのりはぼんやり考えていた。

「あ……」

その若いバーテンダーと目が合ったとき、みのりは声を漏らした。相手も驚いた顔をしている。目の前にいたのは、よく知った人だった。

「……こんばんは」

驚いた顔をしたまま、その人は言った。

「あれ、えっと、どうしたんですか？」

みのりはどぎまぎしながら、声をだした。

「アルバイト中なんです。後でまた」

驚いた表情のまま、彼は奥のドアの向こうへと消えていった。

残ったバーテンダーが、お知り合いですか？　というような視線を寄越した。戸惑いを残したまま、みのりは小さくうなずく。

「サングリア、お代わりお願いします」

声をだした果歩に、バーテンダーが向き直った。

「こちらは、どうされますか？」

気付けばみのりのグラスもカラになっていた。わたしもお代わりを、とみのりは動揺したまま答える。

カウンターの向こうで赤いサングリアが注がれるのを、みのりはじっと見つめた。

「ごゆっくり」

小さな言葉とサングリアのグラスを残し、バーテンダーは別のお客さんのほうに移動していった。

「ねえ、誰なの?」

果歩がにやり、と笑いながら訊いた。

「……お花の先生。透センセイ」

「え! じゃあ、あの?」

果歩が大きな声をだすので、みのりは、しぃー、と指を口に当てた。

「なるほど。へえー。これはまたあれだ。あれなやつだ」

果歩の目は下世話に輝いていた。

「ずいぶん格好いい人だね、みのり」

果歩の言うことを無視して、みのりはサングリアをぐい、と飲んだ。まだ自分が動揺しているのがわかる。透センセイ……。どうしてこんなところにいるんだろう……。

白いシャツに蝶ネクタイで、黒いベストを着ていた。和装も似合うけれど、バーテンダーの格好も似合っていた。センセイは今、扉の向こうでカルボナーラを作っている……。

「けど、すごいね。こういうの何? 和洋折衷っていうの?」

「全然違うでしょ」

果歩と小声でやり合っていると、やがてその人が扉から出てきた。二人は急に黙って、その姿を見守る。彼はカルボナーラを運んでいく。

バーテンダーの二人は、位置を入れ替えたようだ。透センセイはカルボナーラを頼んだお客さんの相手をして、しばらくするとこちらに顔を見せてくれた。

果歩が乗りだすように、挨拶をした。生け花教室では透センセイと呼んでいるけれど、ここではそんなふうに呼ぶわけにいかないし、などと思っていたのだが、果歩は普通に透センセーと呼んでいる。

「はじめまして。透センセー」

「はじめまして。滝川です」

いきなり透センセーと呼ばれた彼は、ちょっと苦笑するような感じで挨拶した。

「わたし、みのりの友だちの果歩です。センセーのことは、みのりからよーく聞いてますよ」

「よーく、じゃないでしょ⁉」

普通に静かに、この場に合わせて、二人を紹介しようと思っていたのに、果歩はいきなり前のめりになっている。

「恐縮です。本山さんには、いつもお世話になっています」

「いやいや、お世話になっているのはこちらですから」

なぜだか頭を下げる果歩に、一体これはどんな状況なんだろう、と思う。

「センセーは、ここで働いてるんですか？　もう長いの？」

滝川だと名乗っているのに、果歩はセンセーで押し通すつもりらしい。

「ええ、二年前から、お手伝いしてるんです」

彼は果歩に向かって柔らかに微笑んだ。よく考えたら、教室の外で透センセイに会ったのは初めてのことだ。

「まだ、飲まれますか？」

こちらを向いたセンセイに問われて、自分のグラスがカラになっていることに気付いた。果歩もサングリアを飲んでしまったようだ。

「飲みます！」

と、果歩が言った。何かちょっともやもやするから、一杯か二杯飲んで、すっきりして帰ろう、と言っていた二人だったが、これで三杯目ということになる。

「何か作りましょうか」

「お願いします、センセーにおまかせで。冬の終わりっぽいカクテルを」

「……冬の終わり、ですか」

少し考えるようにしたセンセイの表情を見て、みのりは気付いていく。最初は普段とのギャップに驚いたが、笑い方や雰囲気などはいつもと変わらなかった。センセイはいつも、年齢のわりに大人びていて、立ち居振る舞いがきれいだ。

「ホットカクテルで……冬桜というのがあるんですが」

「いいですね。ちょうど、温かいもので、落ち着きたい感じだったから」

「わたしも、それでお願いします」

「かしこまりました」

うなずいて準備を始めたセンセイの真剣な表情を、みのりは見つめた。ホルダーのついたタンブラーに材料が注がれ、軽くステアされる。レモンスライスがそこに添えられる。果歩もじっとそれを見つめている。

所作がきれいな人だった。それは花をいけることで培われた美しさなのかもしれない。

「どうぞ」

やがて冬桜という名のホットカクテルが、二人の前にでてきた。口をつけると、ほんのり甘くて美味しい。コーヒーを飲むような感じで、今の気分にもよく合っている。

「美味しい」

果歩は微笑んだ。

「センセーはお花だけじゃなくて、お茶とか書道とかもやってたの？」

「ええ。子どもの頃ですけどね」

「あー、やっぱり」

うんうん、とうなずく果歩も、センセイの所作がきれいだと思ったのかもしれない。

「お二人は……今日、パーティの帰りですか？」

「そうなんです。会社の先輩の結婚式の二次会があって」

みのりは素早く答えた。元カレのとか何とか、果歩に言われるわけにはいかなかった。

「終わってから気分転換でもしようかって、たまたま感じのよさそうな店に入ったんだけど、まさかセンセイがいるとは思いませんでした」

「僕も驚きましたよ」

センセイはにっこりと笑った。

「わたしたち、向こうでも飲んできたんだけど、ちょっともやもやすることがあってね」

果歩はまだそのことを言っていた。

「おれはたまたま日本に生まれただけでー」

さっき会った男のマネをしているのか、果歩は遠い目をした。

「それは、おれが選んだわけじゃないし、おれの意思じゃない。おれはかつてカナダに住んでいたし、ニューヨークにもオーストラリアにも行った。これからヨーロッパのいろんな国にも行きたい。自分でいろんなところに行ってみて、それでその後、日本に住むかもしれないけど、それは日本に住むってことを、自分で選択したってことなんだ――」

果歩は視線をセンセイに戻した。

「――だって。どう思う?」

「え、はい。何というか……格好いいですね」

「センセーは、どうしてお茶とか書道とかしてたの？　何かを自分で選択するため？」

ははは、と笑ったセンセイは首を振った。

「いえいえ、僕はただ気付いたらやっていただけで、何も考えてませんでしたよ」

「そうだよね」

果歩は急に大きな声をだした。

「わたし、今わかったかも。そんなこと言ったら、全部たまたまなんだよ。ね、ね、『おれはたまたま男に生まれただけで、それはおれが選んだわけじゃないし、おれの意思じゃない。おれは一度女になったうえで、それでその後、男ってことを自分で選択したいんだ』ってのと同じじゃん。あいつの言っていることは」

あははは、とみのりは笑い、センセイも控えめに笑った。

「おれは、たまたま人間に生まれただけで、それはおれが選んだわけじゃないから、犬も猫も、トカゲもアルマジロもやってみるよ。ラーテルもやってみるよ。そのうえで、早く人間になりたいんだ！　ってことでしょ？」

「あははは。果歩、でもよかったね。ようやくすっきりして」

「そうだよ。普通に、海外に住んでみたい、って言えばいいのよ。いやー、あいつ、片腹痛いわー。やっぱり、一見正しそうに思える理屈は、ちゃんと疑ってみなきゃだめね」

「あの、」

と、センセイが声をだした。

「果歩さん、ラーテルって何ですか？」

「最強の動物よ」

顔をあげた果歩の目が、きらーん、と光った。まさかここでまた、それを説明するのだろうか……。

ホットカクテルを飲みながら、果歩はラーテルがコブラを食べて気絶する話をした。こんな雰囲気のいい店で、ちょっとはしゃぎすぎだったかもしれない。他のお客さんに迷惑をかけないように、果歩の発言に水を差したりしながら、それでもみのりは、ときどき大笑いしてしまった。

「本山さんが、そんなふうに笑うの、新鮮ですね」

「えっ、そう？　あ、ごめんなさい。わたしたちはしゃぎすぎですよね」

「いえいえ、大丈夫ですよ。そういう夜もあります」

右手のお客さんを見ると、向こうでも話に花が咲いているようだった。

「ここ、いい店ですね、また来ます」

「はい、ぜひ。といっても僕はあと二週間くらいしかいられないですけど」

「ああ！　そうか、四月から東京なんだっけ？」

果歩が声をあげた。

「ええ、そうなんですよ」

「……それは、たまたま生まれた場所を、選んで住む場所にするため？」

「いえいえ」

センセイは微笑みながら首を振った。

「でもそういうところもあるかもしれないですね。僕はこの街を出たことないですし」

「どうしてだろう。センセーが言うと、全然もやもやしない」

あははは、と自分で言ったことに自分で笑う果歩は、バッグから名刺を取りだして、センセイに渡した。

「また店に来るね。センセーの送別会もしたいし。みのりも来るでしょ？」

「うん」

つられて、みのりも名刺を取りだす。センセイに名刺を渡すなんて変な感じだ。

「ありがとうございます。ぜひ、お待ちしてます」

手元で見つめた名刺を、センセイは胸のポケットにしまった。

みのりは残り少ないホットカクテルを飲んだ。このバーは、旅の途中に立ち寄ったシェルターのようなものかもしれない。

今日、本当のことを言えば、元カレの結婚式の二次会なんて、出たいわけではなかった。

チェキでビンゴをするとか、そういうので心が躍るわけでもないし、お嫁さんを見て何も感じないかと言えば、そういうわけでもないのだ。やっぱりずっともやもやしていたのだ。

でも今、とてもいい気分だった。少し微笑みながら、年下のセンセイの作ってくれたカクテルに酔いながら。

教室でセンセイとお稽古をできるのも、あと二回だ。ちょっと寂しいけど、でもセンセイの出発を祝福したかった。自分はそのとき、どんな花をいけるのだろう……。

「ごちそうさま」

「ありがとうー」

お店を出るとき、センセイはドアの先まで送ってくれた。

◇◇◇◇◇

日曜日、透は生徒さんたちの作品に向き合った。いつもと同じ教室の風景だったが、透が参加できるのは、今日を含めて二回ということになる。

「透センセイ、見ていただけますか?」

「はい。あ、きれいですね。花も葉もいきいきとしていて伸びやかです。少し水際をすっきりさせると、いいかもしれません」

「あー、なるほど」

アドバイスに耳を傾け、自分の作品を見つめる生徒さんの目は輝いていた。花の何がここまで人を魅了するのだろう、と、透はときどき不思議な気分になる。

ここに集う人たちは皆、透よりも年上の人たちだ。普段は仕事をしたり子育てをしたりしながら、月に三度、こんなふうに花と真剣に向き合う。花や器と会話をし、どうやって美しさを創るか考え、自分の心と向き合い、やがてまたそれぞれの日常に戻っていく。花の世界は、透が想像する以上に奥が深いのかもしれない。

「センセイ、昨日はありがとうございました」

本山さんの花の前で、小さな声で話しかけられた。

「いえ、こちらこそ、ありがとうございます」

「楽しかったです」

本山さんは花を見つめながら、いたずらっぽく笑った。隠すほどのことではないけれど、それでも花を挟んだ二人の間に、小さな秘密が舞った気がした。

「また来てくださいね」

「はい」

自分がバーテンをしていることも、そこに本山さんたちが来てくれたことも、この教室のなかで知っているのは二人だけだ。

「今日の花も、色がきれいですね」

「ありがとうございます」

花材はみんな同じものを使っているのに、彼女の作品はいつも花本来の色が際立っていた。彼女は普通の人より、色彩感覚が優れているのかもしれない。

「ありがとう、っていう気持ちでいけたんです。花を見る人に感謝の気持ちを伝えたくて」

柔らかな二色のかすみ草を背景に、赤や白のポピーが咲いていた。

「はい、伝わってくる気がしますよ」

やった、と小声で喜ぶ本山さんと一緒に、並んで花を見つめた。

「これはこれで、直すところがない気がしますけど」

「そうですか?」

本山さんは少し物足りなそうだった。彼女は花の出来に、満足しきれていないのだろう。主花の顔を手前に向けるといいかな、と思ったが、透には少し自信がなかった。そのことによって色のバランスが崩れてしまうかもしれない。

「すぐ先生がいらっしゃるから、先生にお願いしましょう」

「……はい」

隣の席で手直しを終えた祖父が、生徒さんと話をしているところだった。やがて話を終えた祖父がこちらに来て、本山さんの花に向き直る。

「いいですね。ポピーの表情を、もう少し明るくしてみましょうか」

「はい」

祖父の手元で鮮やかに表情を変えていく花を、透は静かに見守った。

透にはまだ、自分の花、というものがないのだろう。基本の型のようなものは、子供の頃からみっちり教わってきたし、この花だって直したほうがいいと思えるところはある。だけど独創的なアイデアや、自分にはない感覚を前にすると、直すのに躊躇《ちゅうちょ》してしまう。

祖父は本山さんの作品のよさを残しつつ、花の形や色を、大胆に変化させていった。

この域に達するには、どれくらいかかるのだろうか、と思う。今、花の世界から離れることになって初めて、透には寂しいような気持ちが湧いてきている。それはとても小さな泡のようなものだけど、途切れることなくゆらゆらと水面へ立ちのぼる。

相変わらずの集中力で祖父の手元を見つめる本山さんの横顔が、透の心に焼きつくように残った。

◇

「ずっと私と一緒に、この教室を支えてきてくれた滝川先生ですが、次回のお稽古が最後となりました」

師匠に目で促され、透は挨拶をするために一歩前に出た。

「四月から東京の大学へ進学することになりました。今まで本当にありがとうございます」

多くの生徒さんには先週くらいからそのことが伝わっていたみたいで、驚きの声は少なかった。だけど何人かの生徒さんは驚いた表情をし、戸惑ったような声も聞こえる。

「夏休みには帰省して、またこちらにも顔をだしたいと思いますので、そのときは宜しくお願いします」

お辞儀をした透が顔をあげると、拍手が湧いた。生徒さんの表情は様々だけど、残念に思ってもらえていることは伝わってくる。

ありがたいな、と思った。今までの自分が正しかったとは思わないけれど、間違っていたわけではない。小さな場所でも、自分はこの街で、ちゃんと肯定されていた。中途半端だった今までの日々にも、意味や意義はあったのだ。

同級生たちはもう大学に行ったり、働いたりと、それぞれの道に進んでいた。ずっと、新たな道に進むのに、大きく出遅れてしまった気がしていた。

高校の頃に付き合っていた同い年の彼女は、東京の大学に進学した。連絡するね、と彼女は言った。実際、彼女が上京してからもしばらくは連絡を取り合っていたけど、そのペースはすぐに落ちていった。

楽しくやっているんだろうな、ということはわかっていた。夏休みに入り、彼女が帰省したとき、迷った末に連絡をした。会う約束をしたのだけれど、その前日に「ごめん」というメールが届いた。「いいよ」と返した。また「ごめん」と返事。もう一度、「いいよ」と返した。

それ以来、彼女とは連絡を取っていなかった。誰も傷ついていないのなら、それでいいと思った。もしかしたら、そのとき終わったのは、恋ですらなかったのかもしれない。

高校時代の同級生たちとも、ほとんど会わなかった。それでもときどき、街で偶然顔を合わせたりすると、お茶くらいはした。大学で遊びほうけている者もいれば、もう就職のことを考えている者もいる。

「まあ、だけど東京の大学なんて、たいしたことないって」

現在の状況にゴキゲンな者がいて、また、自分が成長したと感じている者がいた。以前は手に入らなかったモノを手に入れた者もいたし、手に入れようと闘っている者もいる。はっきり言わなくても、その目付きや口調から伝わってくることがあった。彼らは就職も進学もしていない透に対して優越感を覚え、どこかで憐《あわ》れんでさえいる。

「だけど、透には華道だってあるしな、うらやましいよ」

彼らはきまってそんなことを言った。高校生のときにも、何度も聞かされた言葉で、聞くたびに不愉快になった。彼らに華道の何がわかるのだろう。東京に行くことや、大学に行くことの代わりに、華道があるわけではないのだ。祖父だって、透に楽な道を用意するために、花を教えてくれたわけではない。

透は三歳くらいのとき、祖父の家に頻繁に連れていかれるようになった。今から考えれば、それは父親が病気になったことと関係があった。お弟子さんの出入りするその家で、最初は遊びの代わりだった。お稽古をする大人たちに交ざって、透は剣山に花をさして遊ぶようになった。

大人のマネをするのが面白かったのかもしれない。上手にできると褒めてもらえたし、母親に近い年齢のお弟子さんたちにも、ずいぶん可愛がってもらった。

もう少し大きくなると、祖父が設計図のようなものを何枚も書いてくれた。椿《つばき》の長さを三十センチに切って、葉を何枚残して、と、その設計図通りに花をいけていくのが、工作をする感覚で楽しかった。花を切り、水際にいける。そのことの意味を考えることはなかったけれど、それでも生け花の基本や型は、知らず知らずのうちに身についていった。

小学生になると、習い事として祖父の教室に通い始めた。クラスメイトがよくある習い事や塾に通い始めると、正直、そっちのほうが楽しそうに見えた。思春期になると、自分はなぜこんなことをやってるんだろう、と思ったりした。その頃には、花を習っていることを誰にも話さなくなった。

学校ではバスケ部にも入っていたし、華道から離れてもおかしくはなかった。だけど父親を亡くしたこともあって、どこかで祖父との繋がりを求めていたのかもしれない。ときどきサボることはあったけれど、透が生け花をやめることはなかった。

高校生になってしばらくすると、華道がアルバイト代わりになった。花の準備をして、片付けをして、ときどきいけて――。生徒さんに感謝されると嬉しくなった。少しずつ教える立場になっていき、そうすると見えてくるものがあった。生け花の楽しさ――。

透にとって華道は日常すぎて、花の美しさについてさえ、ほとんど考えたことがなかった。生け花とは、自分の家族が関わっている、ちょっと変わった習い事に過ぎない。だから花の美しさや、花に触れる喜びに気付けたのは、このアルバイトを続けたおかげだ。

「透センセイ、残念です。わたしたちセンセイのファンだったし」

花を片付けていると、教室を出ていく生徒さんたちに声をかけられた。

「ありがとうございます。また来週、どうぞ宜しくお願いします」

その日、写真を撮ろうと言われ、一緒に写ったりした。

「ありがとうございました」

教室を出ていく生徒さんを、透は見送った。この教室はいつも楽しかったし、勉強にもなった。

ほとんどの生徒さんは、華道についての予備知識を持たずに教室に入ってくる。生徒さんが初めて花に触れたときの喜びに遭遇すると、透はいつも感動した。上達していく生徒さんたちの創意工夫や熱意が、そのまま自分自身への問いかけになった。

花をいけるとは、何なのだろう。いける喜びとは何なのだろう。

長い歴史のなかで受け継がれ、育てられてきた技術を、師匠と呼ばれる人に教わる。自分の作品のなかで、思いをそっと表現してみる。普段の生活の片隅でも、花のことをときどき考える。自然を賛美し、感謝し、命の美しさに触れる。それら全てに喜びと楽しさが溢れている。

相手に勝つとか、何点を取るとか、何秒で走るとか、そういうものとはまるで違う世界だった。向き合うのは花であり、自分でもある。花と向き合う時間は、他の時間とは違う。その喜びを誰かに伝え、また伝えたいと願いながら、美を創る。

教えるようになって初めて理解し、自分のなかで膨らんできた思いがあった。受験を終え、和服を着るようになり、本山さんの成長を感じて、いよいよこの街を離れる日が近付いてくると、ますますそれを感じた。

花や美への憧憬《しょうけい》。

子どもの頃から、自分のなかで勝手に育っていたそれを知れただけでも、同級生たちに遅れを取った日々にも、意味があったのかもしれない。花や美への憧憬を、技術や作法として昇華させたのが華道であるとしたなら、透は知らず知らずのうちに華道の入り口に立てていたのだ。

「センセイ、おつかれさまでした。向こうでも頑張ってくださいね」

教室を出ていく本山さんに声をかけられた。

「はい、ありがとうございます。あ、お店のほうにも、またぜひ」

「ええ、果歩も行きたがってたし、近いうちに」

本山さんは感じよく会釈した。それが本心のものなのか、それとも社交辞令のようなものなのか、透にはよくわからない。

「あの、いつ頃来られますか？　あと十日くらいなら、シフトに入っているんですけど」

透は思いきって訊いてしまうことにした。

「あ、はい。えーっと……」

驚いた表情をした本山さんは、すぐにバッグに手を伸ばして予定帳をめくった。

「そうですね。平日はまだ、予定がわからなかったりするんですけど」

「土日でも大丈夫です。あと、二十一日も」

「春分の日ですね」

「はい」

本山さんは予定帳を見つめながら、首を捻った。近いうちに、なんて彼女は言っていたけれど、実際に店に来るつもりはなかったのかもしれない。

だけど透は一度、本山さんとちゃんと話をしてみたかった。この街を出るまでの間に、思い残すことがないようにしたかった。

「じゃあ、平日は年度末で忙しいと思うし、二十一日に行きます」

「ありがとうございます。待ってます」

お礼を言う透に、本山さんは可笑しそうに微笑んだ。

「果歩にも相談してみますね。わたし、カルボナーラも食べたいし」

「ぜひぜひ。うちのカルボナーラ、美味しいんですよ」

訊いてみてよかったな、と思いながら、予定帳をしまう彼女を見守った。今日いけたポピーとかすみ草を抱えた本山さんが、にっこりと笑う。

じゃあまた、と言って教室から出ていく彼女を、透はしばらく見送った。

◇◇◇◇◇

受験シーズンを終えた予備校は、春休みが始まるまでの間、ひととき落ち着いた季節を迎える。ほとんどの生徒が登校しないからそう見えるのだけれど、現実には年度末のあれこれや新入生の手続きで、なかなか忙しかったりする。引っ越す準備とか送別会とかで、センセイも忙しくしてるのかな、と、みのりはときどき考える。

――春分の日か。んー、ただいま調整中、ちょっと待ってね。

果歩からの返事のメールは、そこで止まっていた。日々は忙しく過ぎ去り、やがて二十一日を迎えた。

――ごめん、今日、やっぱ無理だ。

昼近くになって起きだしたみのりは、果歩からのメールを受け取った。何だよ、と思ったけれど、果歩は出張から戻れなかったらしい。バーに一人で行く習慣なんてなかった（果歩はときどき一人で行くらしい）けれど、しょうがないから一人で行くことにしよう。

ごはんを食べて、洗濯だの掃除だのをしていると、あっという間に夕方になってしまった。春めいたコートを選び、春色のストールを巻いて、みのりは部屋を出る。日が長くなったといっても、午後六時を過ぎた外は、もうすっかり暗くなっている。

センセイは東京に行ってしまうのですね、と、空に向かって息を吐いた。

ちょっと前に、「懐かしの名曲」というテレビ番組で聴いた歌を思いだした。渡良瀬橋のある街を離れられない女の子の気持ちを歌った曲。何となくその女の子の気持ちを想像しながら、みのりは駅への道を歩く。

今夜はいろいろ話を聞いてあげよう、と思った。センセイは同世代の子たちより大人びて見えるけれど、これからの生活に不安だってあるだろう。その反対に、希望だってあるだろう。旅立つセンセイの〝これから〟の話を聞きたいし、聞いてあげたい。

地下鉄に乗って四つの駅を過ぎ、目的の駅で降りた。駅前はいつもと変わらないけど、繁華街を進むにつれ、周囲の雰囲気が落ち着いていく。祝日でお休みしている店が多いのかもしれない。

夜七時の少し前、みのりは「BAR SAKUMA」に着いた。民家のような建物の一階に入り口があって、小さな窓からほんの少し光が漏れている。センセイがいなくなっても、行きつけのバーにするなら、この店がいいかもしれないな、と思った。これからは、一人で飲みたい夜が増えるかもしれない。ここなら会社帰りに気楽に寄れそうだ。

入り口の扉を開けようとしたとき、ドアに「Reserved」と書かれた木札がかかっていることに気付いた。Reserved……。貸し切りってどういうことなんだろう。もしかしたら従業員や常連さんたちと一緒に、センセイの送別会をしているのだろうか。

「いらっしゃいませ」

ゆっくりとドアを開けると、カウンターの向こうから透センセイが顔をだした。みのりの背後で、カラン、と音をたてて、ドアが閉まる。

こんばんは、と声をだしたみのりに、センセイが微笑んだ。

「どうぞ、カウンターに」

「……はい」

コートを脱ぐとセンセイが受け取ってくれた。照明はあの日よりも少し明るく、空間を照らしている。囁くようなジャズミュージックが、こぼれるように流れている。

「今日は休業日なんですよ」

コートを奥に運びながらセンセイが言った。

「え、そうなの？」

みのりは店内をぐるりと見回してみた。確かにお客さんはみのり以外には一人もいないし、店員もセンセイ一人のようだ。

「今日は貸し切りです。本山さんたち、休日なら大丈夫そうだったんで、店長にお願いして開けてもらったんです」

驚いたみのりは、ああー、とか何とか言いながら曖昧にうなずいた。

「果歩さんは遅くなります？　先に飲まれますか？」

「あ、いや、今日は来られなくて……よろしく伝えてくれって」

「そうか、残念ですね」

透センセイは言葉の通り、残念そうな顔をした。

「じゃあ、ひとまず僕、ごはん作りますね。といってもカルボナーラしかないんですけど」

「あ、はい、お願いします」

「飲み物は、この前と同じワイン系のカクテルでいいですか？　それともビールか何かにしますか？」

「この前の、カクテルで」

うまく頭が働かないまま、みのりは答えた。

「かしこまりました」

穏やかに微笑んだ透センセイは準備を始めた。自分が何を頼んだのかあまり理解していなかったけれど、この前、お店に入ってすぐサングリアを飲んだことを思いだす。

客はみのりだけだというのに、センセイはこの前と同じバーテンダーの格好をしていた。カウンターには間隔をおいて、ろうそくの炎が灯《とも》っているし、通常の営業と何も変わらない様子だ。

「ごめんなさい。無理にお店開けさせちゃって。こんなことなら、果歩以外の友だちでも、誘えばよかったですね」

ようやく回り始めた頭で、センセイに話しかけた。

「いえいえ、こちらこそありがとうございます」

透センセイがみのりに微笑みかけた。

「本山さんに来ていただいて、僕は嬉しいです」

カクテルを注ぎ始めたセンセイを、みのりは見つめた。だけど……、この人はわかっているのだろうか……。こんなふうに目を合わせて、涼しげに微笑んだりして。わかっているのだろうか……。

教室でもバーでもそうだった。若くて、きれいな顔立ちをして、和装もバーテンダーの格好もよく似合って、いつも穏やかに微笑んで、所作がきれいで、大人っぽい態度で……。そんなふうに柔らかに笑いかけることが、異性の目に、どう映るかわかっているのだろうか……。

「お待たせしました」

木目のついたカウンターのテーブルに、サングリアのグラスが置かれた。

「じゃあ僕、ごはん作ってきますね」

「……はい」

カウンターの奥へと向かうセンセイを、みのりは目で追った。この人は……相手は自分よりもずっと年上の女だから、自分に惚れるようなことは起こらない、と思っているのだろうか……。

「それじゃあ、また後で」

無邪気な笑顔でそう言い残したセンセイは、内扉の向こうへと消えた。わかっているのだろうか、と、みのりはまた思う。

こんな雰囲気のいいバーに招待して……、VIPみたいに扱ってくれて……、今この店にいるのはわたしとセンセイだけで……。いつもとは少し違う、無邪気な表情を見せたりして……。もしかしたら、彼は自分のポテンシャルに、全然気付いていないのだろうか。

グラスに入ったサングリアを一口飲むと、一週間くらい前の感動が一瞬でよみがえった。三種の果実をワインにつけ込んだという、赤いサングリアがとても美味しい。爽やかで、美味しくって、何杯でも飲んでしまいそうだ。

一人きりの店内を見渡すと、揺らめくろうそくの炎が、みのりの影を作りだしていた。ほのかな灯りとジャズミュージックが、日常の約束ごとや理想や、自分が固く蓋《ふた》をしていることなどを柔らかく溶かし、忘れさせてくれる気がする。みのりは何だか可笑しくなってくる。店に入ってからの緊張感は消え、気付けばサングリアは半分以上減っていた。早くもちょっと、酔ってしまっているのかもしれない。厨房から、ほのかにいい匂いが漂ってくる。

どうせ、アレなんだろう。センセイの作るカルボナーラはきっと美味しいんだろう、と思ったら、また可笑しくなってきた。この店の名物になっているくらいだし、常連さんも頼んでいたし、店長直伝だと言っていたような気もする。きっととても美味しいに決まっている。あんなふうに嬉しそうに厨房に向かって、美味しいお酒を飲ませて、それから美味しいカルボナーラを食べさせて。

みのりはストールを外し、隣の椅子にかけた。小さなジャズのスウィングに合わせるように、炎はゆらゆらと揺らめく。

サングリアはもう飲み干してしまった。カウンターのなかにセンセイが立つ姿を、みのりは想像してみる。

お持ち帰りになりますか？　それともここでお召し上がりになりますか？

首を傾げたみのりは、架空のセンセイに話しかけてみた。発想が果歩みたいになってきたな、とみのりは一人で小さく笑う。

厨房から漂う匂いが、もうすぐカルボナーラが完成すると告げていた。

◇

もちもちとした生パスタと、ごつごつしたベーコンを、濃厚でクリーミーな半生の卵が包んでいた。パルミジャーノチーズの甘さや芳醇な香りがパスタにからみ、粗挽きコショウが全体を引き締めている。小ぶりな皿にちょこんと盛られたカルボナーラが、予想のラインを軽々と飛び越して美味しかった。

「すごく美味しいですね、これ、何かコツがあるんですか？」

「それはちょっと、教えられませんけど」

ふっふっふ、という感じにセンセイは笑った。カウンターの向こうの椅子に座った彼は、みのりと同じ小さなお皿でカルボナーラを食べている。

「ただまあ、カロリーはおそろしく高いですけどね」

「ああ。でも美味しいものって、結局、高カロリーですよね」

美味しいものなら高カロリーも高コレステロールも辞さない、というのが、みのりや果歩のスタンスだった。そんなに美味しいと思っていないもので太るのは嫌だけど、このカルボナーラならしょうがないだろう。

「でも生クリームとか牛乳は使ってないんですよ。あと、卵は卵黄だけで」

「へえー」

カルボナーラといえば生クリームを使うものだと思っていたけど、イタリアではあまり使わないらしい。ふむふむそうなのか、とみのりは小さく感心しながら、美味しすぎるパスタを食べる。

きれいに一皿を平らげると、センセイがワインをだしてくれた。ドライフルーツとチーズを添えて。

「センセイ、東京には、いつ向かうんですか？」

「三十一日です。きりもいいので」

「じゃあ……、あと十日ですか」

「そうですね。何だか実感が湧かないですけど」

「向こうではどこに住むんですか?」

東京ではどんなことをするのかとか、どうして大学に行こうと思ったのかとか、そんな話をしばらく聞いた。感心したり驚いたりしながら、今まで知らなかったセンセイの思いや考え方を知る。予備校には溢れている話でも、センセイの口から聞くと新鮮だ。

「そっちに行ってもいいですか?」

長めのグラスをだしながら、センセイが言った。

「はい。ごめんなさい、一人でくつろいじゃって」

「失礼します」

カウンターをゆっくりと回り込んだセンセイが、みのりの右隣の席に座った。

「じゃあ、あらためまして」

「はい。向こうでも頑張ってください。お世話になりました」

二人はそっとグラスを合わせた。こつ、というその音が、感謝の音なのか、親愛の音なのか、寂しさの音なのか、みのりにはまだわからない。他愛のない会話をしていても、センセイがこの街にいるのはあと十日で、これはお別れの会なのだ。

「本山さん、花は続けますよね」

「はい、もちろんです。花って、続ければ続けるほど、夢中になっちゃって」

ワインを飲みながら、みのりは語った。きっとこれは、とても特別なできごとだ。センセイと二人だけで話をしたことは何度かあったけど、こんなふうに話すことがあるなんて思わなかった。

「大げさかもしれないけど……生活と芸術っていうか、生活と自然、って両輪のような気がするんです。今は生け花のおかげで、そのバランスが取れているような気がしていて」

「へえー」

大人っぽい横顔でグラスを傾けたセンセイが、声を漏らした。

「僕はしばらく花から離れちゃうから……、本山さんが花を続けてくれるのが、すごく嬉しいです」

センセイの手のなかで、からん、と氷が音をたてた。

「自分の代わりに本山さんがいけてくれてるっていうか……僕が花に触れられないぶん、本山さんに触れてもらっているっていうのかな。変な言い方ですけど」

氷の音も、囁きのようなジャズの音も、やっぱりこれは寂しい音なんだな、と、みのりは少しずつ気付いていく。

「センセイ、ときどきは戻ってくるんですよね?」

「ええ、夏休みとか」

「じゃあ、花をいけて待ってますね」

ワインを少し飲みながら、みのりは微笑んだ。

「センセイの代わりに、ここでずっと花をいけてます」

渡良瀬橋はここにはないんだけど、と、みのりは思う。

「それって……、何だか寂しいですね」

「ううん」

ワイングラスを置きながら、みのりは首を振った。

若いセンセイはまだ知らないのかもしれないな、と思う。別れたり、離れたりすることの辛さや寂しさは、やがて日常にまぎれていく。過ぎてしまえば、あっという間に、過去は日常にまぎれていく。

「センセイと一緒に、一つのお花を見て、いろんなこと考えたじゃないですか」

「はい、そうですね」

「だから、センセイの感じ方とか……考え方とか、そういうのはやっぱり、わたしのなかに残ってると思うんです。これから花をいけるときも、センセイならどう感じるかな、とか、センセイならどうするかなって、考えると思うんです」

そういうのもいつかは薄れてゆくことを、みのりは知っている。だけど今は微笑んで、そのことを肯定する。

「センセイならこうするかな、って考えながらいけるのって、センセイ自身がいけるのに似てますよね。だからセンセイもきっと、ここでお花をいけているんですよ」

彼はじっと手のなかのグラスを見つめた。長いグラスのなかで、黄金色の液体と氷がグラデーションを作っている。

「ありがとうございます」

ゆっくりと顔をあげたセンセイがみのりを見た。

「それ、すごく嬉しいです。この数年、自分は何してたんだろうな、って思ってたんですけど……。教室にでてただけでもよかったって、最近ようやく思えるようになったんです。そうしたら今度は、華道から離れるのが、惜しくなっちゃって……」

「だったら向こうでも、いければいいじゃないですか？」

みのりは何気ない気持ちで言ったのだが、センセイはとても驚いた顔をした。

「あれ、どうしたんですか？」

笑うみのりの隣で、センセイは首を捻った。

「どうしてだろう……。それ、考えたこともなかったです。そうですよね、自分の部屋でいけたりしてもいいんですよね」

「そうですよ。お花なんてどこにでもあるんだし」

「……そうか、そうですよね」

前を向いてじっと何かを考えたセンセイが、みのりのほうに向き直った。

「ありがとうございます。本山さんのおかげで気付きました」

お辞儀をするセンセイに慌ててしまった。

「そんな、大げさですよ」

「いえ。言われなかったら、本当に気付かなかったと思います。僕にとって、東京に行くことは、花から離れることだったから。それに……」

センセイはまた自分の手のなかのグラスを見つめた。

「子供の頃から、花ってのは祖父の家にあるものだったんです。自分の部屋にはバスケのポスターとかしかないし」

そうか、そうだよな、うんうんと、センセイは一人でつぶやいた。

「これ、本山さんに教わったから、僕、向こうで花をいけるときは、本山さんのことを必ず思いだしますね。そしたら……」

顔をあげたセンセイは、みのりをじっと見つめた。

「それって二人でいけているのと同じですよね」

「ええ?」

変な声をだしてしまったみのりは、ばっしーん、と、センセイの肩を叩いた。こ、これは照れてしまうじゃないか。自分でも似たことを言ったけれど、それとはちょっと違う。それって二人でいけているのと同じですよね、って真顔で！ それって二人でいけているのと同じですよね、って真顔で！

「いやあー、それはだけど、やっぱり本山さんのことを思いだしますよ」

「あー、それよりセンセイ」

赤面するみのりはワインを飲みながら話を逸《そ》らした。

「写真、写真もおすすめですよ、センセイ。写真ってどこでもできるし」

「ああ、本山さん、いつも熱心に撮ってますよね」

「はい、本当、最近はエスカレートしちゃって――」

みのりは早口で語った。教室で撮るだけでは飽きたらず、最近は休みの日に遠くへでかけてまで、花の写真を撮っていること。普段も川辺とか、公園とか、歩く道で花を見かけると、あ、写真撮らなきゃって思い、それで休日にカメラを持って出かけたりすること。

「それで、生け花と写真って、やっぱりちょっと似てるって思ったんです。野の花は触れないから、角度をどうするか、とか、どうやってフレームに収めるか、とか、何と一緒に撮るか、とか。生け花と一緒で、空間をデザインする感覚になるんですよね」

「空間か……。そうですね、生け花は、花と花の間がすべてだって。花をいけるだけじゃなく、間をいけるんだって、祖父がよく言ってます」

センセイは、うんうん、とうなずきながら、その写真、見てみたいです、と言った。

「いえ、お見せするほどのものじゃないですけど。でも、ハマりすぎてヤバいです。最近、レンズ換えたりするようになっちゃったし」

普段お花について話せる相手がいないぶん、みのりの話は止まらなかった。

「いろいろ撮って、後で見比べてみると、同じ花でも本当に表情が違うんです。やっぱり撮ってると、写真も上達していくし、楽しいです」

ひとしきり話しているうちに、二人のグラスはカラになっていた。一度カウンターのなかに戻ったセンセイが、またグラスにワインを注いでくれた。

「センセイは何か、こっちでやり残したこととかないんですか？」

「んー」

首を傾げるようにして、センセイはしばらく考えた。

「きっと、いっぱいあると思うんですよ。でもまだ、実感がないっていうか、これからのことに想像がつかないっていうか……。地続きじゃないんですよね。今までとこれからが。向こうでの生活が、全く想像できてないし」

グラスをみのりに差しだしたセンセイは、自分のグラスにウィスキーを注ぐ。

そうだったかもな、とみのりは思い返した。二十歳の頃の自分は今から考えればずいぶん若かった。ふわふわ、きゃぴきゃぴして、流れる時間に無自覚だった。

「きっと楽しいですよ。新しい世界は」

「そうですかね？　だといいんですけど」

二人はそれから、またゆっくりと言葉を交わした。

ワインを飲むみのりにはわかっていた。こうしているのは楽しい時間でも、これは寂しい時間なのだと。二十歳の頃のみのりなら、多分、そんなことは感じなかっただろうけど。寂しさを含み、寂しさに続いていく時間を、頭のどこかに留めながら、それでもほんのり楽しい時間を、みのりは感じ続ける。

「んー、でも楽しかったです。こんなに飲んだの久しぶりだし」

時間が過ぎるのは本当に早かった。気付いたらもうすぐ二十三時で、かれこれ四時間近く、飲んで、喋って、笑っていたことになる。

「僕もです。いつもは振る舞うばかりですからね。ここで飲むお酒、結構美味しいですね」

笑いながら立ち上がったセンセイが、ゆっくりとカウンターのなかに戻っていく。

「これからも、このお店、たまに遊びに来ますね」

「ええ。ぜひそうしてください。今、店を閉めますので、駅まで一緒に行きましょう」

「はい。わたし手伝います」

立ち上がろうとしたみのりを、センセイが止めた。

「すぐに終わるから大丈夫ですよ。あ、それは置いておいてください。明日やりますから」

手早く後片付けを始めたセンセイが、やがて奥に引っ込んでいった。一人残ったカウンターで、みのりはそっと目を閉じてみる。一つ、二つ、三つ、と楽しかった時間を数えてみる。

しばらくして着替えを済ませて出てきたセンセイが、オーディオの電源を落とした。空気をそっと震わせていたジャズが、静かに消える。それは好きな人が急に口をつぐんだ瞬間に似ている。

ストールを巻いたみのりがコートを着たのを見計らって、センセイが店の電気を消した。最後に、ふっ、と、ろうそくの火を消す。

からん、と、音をたてながら、二人は夜の世界に足を踏み入れた。

◇

全然知らなかったのだけど、センセイの家の最寄り駅はみのりと同じだった。

「え、じゃあ、『ブレーメン』のメロンパン食べたりしましたか?」

「ああ、子供の頃から食べてますよ」

あははは、と笑ったり、えーわたしも! などと騒ぎながら、二人はふらつくように街を歩いた。春分の夜の風が、酔った頬に気持ちいい。駅に向かう道すがら、ふわふわと夜に舞う二人の会話が、記憶の後ろ側へと流れていく。

「これから、寂しくなりますねえー」

「そうですね」

ちゃんとしている、とみのりは思った。酔っているし、もっとセンセイと話したいし、センセイが行ってしまうのは寂しいけれど、わたしはちゃんとしている。

「これから、頑張ってくださいね」

「はい、頑張ります」

空いた地下鉄のなかでは、二人とも案外無口だった。ときどき肩が触れ合うのを感じながら、楽しかったな、とみのりは思う。最後にセンセイと話ができてよかった。寂しさを含んだ喜びは、それでもその時間が続く限りは、こんなにも愉《たの》しい。

はたからは私とセンセイはどういう関係に見えるだろう、と、ふと思った。姉と弟か、それとも年の離れたカップルに見えるのかな。生徒とセンセイってわかる人は、きっといないだろうな……。

最寄りの駅で降り、路地を抜け、小さな川沿いの道を歩いた。休日のこの時間に、暗い川沿いを歩いている人はほとんどいない。空には丸い月がでている。

感慨や陶酔に似た気持ち、喜びや寂しさ、愉しさや名残惜しさ——、いろんな気持ちが一歩ごとに舞った。この道が月まで続いていればいいのに、と思う。いつまでもこんなふうに、並んで歩いていられたらいいのに。

「あの橋ですよね」

「はい」

センセイの家は川の向こう側で、みのりはこちら側だった。あの橋まで歩いたら、にっこり笑って、二人はさよならする。あと十数歩で、さよならなんですね、透センセイ。

月明かりの下、センセイの横顔をちら、と窺った。今夜はいっぱい飲んで、いっぱい喋って、みのりはこの人の心の奥に、ちょっとだけ近付けた。センセイは、わたしの心のどの辺りまで覗いたのだろう。

「あの花、」

あと数歩のところだった。橋のたもとに咲いた野花に、みのりの目は留まった。月明かりと外灯に照らされた花が、川辺で寂しく下を向いている。

「あの花、一昨日《おととい》、写真に撮ったんです」

「へえー」

みのりより先に前に進んだセンセイが、橋のたもとにしゃがみ込んだ。

「これは……カタバミ？　ムラサキカタバミかな」

花の名前は知らなかったのだけど、ムラサキカタバミというらしい。

今は暗くてよく見えないけれど、一昨日見たイメージは鮮烈だった。土手に群生していた丈二、三十センチくらいの草が、五つの花弁を可愛らしく広げ、薄紫色の花を咲かせていた。葉はハートを三つ重ねたような形をしていて、それも可愛らしかった。

「夜だから、花が閉じてますね」

と、センセイがつぶやいた。センセイの隣で膝をまげ、みのりも花を覗き込んでみる。あのとき開いていた花が、今は静かに花弁を閉じている。

「暗くてうまく撮れないかな？」

センセイがスマートフォンを取りだした。

「写真、撮るんですか？」

少し笑いながら、センセイを見た。両手でスマートフォンを構えたセンセイは、いろいろと角度を変えながら、その花を捉えようとしている。

「可愛いですね、ムラサキカタバミ」

みのりはつぶやき、花に目をやった。こんなふうに花に気持ちを向けることは、少し前まではなかったことだ。以前は川辺の花なんて気にもかけなかったし、気付くことさえなかった。

だけど今は違うし、これからだってそうだ。センセイがいなくなってからも、きっとみのりは、こんなふうに花を眺める。写真に撮ったり、実際にいけたりすることはもう、みのりの大切な一部分になっている。これからも花に触れ、喜びを感じ、そしてときどきセンセイのことを思いだすのだろう。

かしゃり、とシャッターを切る音が聞こえた。

画面を覗き込んだセンセイの顔が、光に白く照らされている。センセイはまた、スマートフォンを構える。みのりもまた、柔らかく閉じたムラサキカタバミに、目をやる。

「うまく撮れましたか？」

「ええ、もう少し明るいといいんですけど」

こうやって花を挟んで、二人で話をするのも、これで最後なのだろうか……。

「わたし、カメラ、持ってくればよかったですね」

「ええ、でも、何とか撮れそうです」

ずっと抑えていたことだったのかもしれない。スマートフォンを構えるセンセイの横顔を見て、みのりの気持ちは溶けだしていく。溶けだして、とめどなく溢れだす気持ちに戸惑いながらも、そのままにしておく。

なんてきれいなんだろう。この人の横顔は、どうしてこんなにきれいなんだろう……。

本当はずっと前からわかっていたし、だけどどうにもならないことも知っていた。

みのりはこの人に惹《ひ》かれていた。自分よりもずっと年下で、和服が似合って、所作がきれいで、これからいろんな可能性があって、東京に行ってしまうセンセイに、みのりはずっと惹かれていた。

過ぎ去っていく時間のなかで、自分はこの気持ちともさよならしなくてはならない。

かしゃり、と、音が聞こえた。

みのりはスプリングコートの裾を握りしめる。溢れてくる気持ちに押し流されそうになりながら、ひととところに留まろうとする。花に目をやり、胸の鼓動を抑えようとする。

どうしてなんだろう。最初から何も望んでいないのに……。何も期待していないし、今だって何も望んでいないのに……どうしてこんなに苦しいんだろう……。

また、かしゃり、と音が聞こえた。

「多分、本山さんのカメラだったら、もっとうまく撮れるんでしょうけど」

こちらを見てにっこり笑うセンセイに、泣きそうになってしまった。

「でも、これ、まあまあだと思いませんか？」

センセイが画面を見せてくれたけど、輪郭がぼやけてあまり頭に入ってこなかった。

「もしかしたら、僕、花の写真を撮るのなんて、初めてかもしれないな」

何枚か撮った写真を、センセイは一枚ずつ眺めた。

「昼間の花が咲いたときの写真も、撮りに来ようかな。あ、本山さんはもう、咲いた花を撮ったんですよね？　見てみたいですけど」

顔をあげたみのりの顔を、センセイがじっと見ていた。みのりはまた花を見つめた。

訪れた一瞬の沈黙に、心臓は何度鼓動しただろう。そんなことが言えるわけはないし、言うべきではないこともわかっていた。

「……うちに来ますか？」

どうしてそんなことが言えたのだろう、と、後にしてみれば思う。一瞬と永遠が交差したようなその時間は、やっぱり一瞬だったのだろう。

◇◇◇◇◇

「ちょっと待っててね」

笑みを浮かべた本山さんが部屋のなかへ入っていき、透は彼女のアパートのドアを見つめた。

クリーム色のドアに、外灯に照らされた自分の影が淡く落ちている。どん、と小さく水道のポンプの音が聞こえ、やがて止まった。しばらくすると、部屋のドアが開いた。

「お待たせしました。どうぞ」

「はい、おじゃまします」

緊張しながら靴を脱ぎ、洗面所で手を洗わせてもらった。

ミルクソープのいい匂いがした。透の母が買ってくるキレイキレイ薬用泡ハンドソープとかそういうのとは違う。白くてふわふわのハンドタオルは触れるだけで気持ちがいい。

「適当に座ってくださいね」

お茶を準備する本山さんが言った。大人の部屋、という感じのリビングには、柔らかな暖色の照明が落ちている。きちんと整頓された家具のなか、リビングの脇に花が飾ってある。

「これは、この前の」

「ええ、そうなんですよ」

前回のお稽古のときに本山さんがいけた花だった。かすみ草を背景にした、赤と白のポピー。あのときよりも柔らかな色彩が、透の緊張を溶かしてくれる気がする。

透はソファーの前に座った。なるべく普通に振る舞わなければならない、と思うのだが、普通の振る舞い方がよくわからなくなっていた。飲み物の準備をする本山さんは、透の緊張をよそに、自然な笑顔をしている。

お湯の注がれたポットと、白いカップが二つ、テーブルに置かれた。ぽーん、と軽快な音がして、テーブルの隅にあったノートパソコンの電源が入れられる。パソコンの起動を待つ間、本山さんが紅茶を淹《い》れてくれる。

「センセイ、どうぞ」

「ありがとうございます」

紅茶を二つ用意した本山さんは、パソコンを操作した。

「……ええと……これです」

「へえ！　すごい！　きれいですね」

画面いっぱいに表示されたムラサキカタバミに、透は思わず驚嘆の声をあげた。

「カメラがいいんですよ。それに、もともとの被写体がきれいだから」

本山さんは謙遜していたが、彼女の写真の腕はなかなかのものに思えた。まず色が鮮やかだし、構図も工夫されている。他の野花の写真も次々に表示させていったが、笑っている花、泣いている花、喜んでいる花、とそれぞれに表情がある。

「こっちは、いけた花の写真です」

彼女がパソコンを操作すると、画面にずらりと生け花が並んだ。それは今年に入ってから教室でいけた花で、それぞれに見覚えがあった。クリックしてそのうちの一つを拡大する。

「きれいな色ですね」

画面いっぱいに広がったアネモネの色彩が鮮やかだった。しぼりを開放し、光を多く取り込んだ写真だ。花弁にフォーカスが当たり、背景がぼけている。

教室で創った生け花も、こうして見ると別の作品のようだった。本山さんがいけた花もあるし、他の生徒さんの花や、ロビーに飾ってあった花の写真もある。

大きな画面で見る写真に、透はひき込まれた。二人はそれからしばらく、わいわいと写真の花について話した。

「あのときの、ニューサイランだ」

カメラの小さなモニターで、見せてもらったことのある写真だった。あのとき、〝花の横顔〟という言葉が新鮮だった。

「きれいですね。こっちは前回のお花ですよね」

「はい」

今、部屋の隅に飾られているポピーの写真だ。様々な角度で撮られたポピーのうち、真横からのアングルの写真に、透は気を取られた。

可憐《かれん》な表情の奥に、大きな優しさを感じる横顔だった。なぜ、花を横から撮るのか、本山さんが話してくれたことを思いだす。花の横顔から見える意思や美しさ――。

「あのね、これって実は……」

と、本山さんが言った。

「何ですか？」

「いや、やっぱりいいです」

「え？　何ですか？　気になりますよ」

あー、とか、んー、とか言いよどんだあと、本山さんが言葉をゆっくりと選ぶように教えてくれた。

「……えっと、この花は、旅立つセンセイへ、っていうテーマでいけたんです」

彼女は部屋の隅に飾ってある花を見つめた。

「ありがとう、とか、言葉にするとそういうことなんだけど、祝福の気持ちもそこに含ませたくて……これから新しい街に向かう人の気持ちに寄り添いたいっていうか……。それを色や形にすることはできない気がしたけど、でもそんな気持ちでいけようって」

写真を見つめていると、何だか自分が肯定されたようで嬉しかった。自分はこの街で生まれ、花に触れてきて、本当によかった。

目の前の写真から伝わってくるものは、花の美しさだけではなかった。花と向き合う人の気持ち。伝えたいと願いながら、創る喜び。その喜びが誰かに伝わったときの感謝や感動。見る者の気持ちや希望にそっと寄り添うような……小さな魂。

「あの……」

今度は透のほうが言いよどんだ。

この街を離れることになってから、透はときどき花を表現する言葉について考えた。小さな頃から花に触れてきた自分だが、思いのほか〝言葉がない〟と最近では感じる。こうすればこう見える、とやってみせることはできても、それを言葉で伝えるのはとても難しい。

きれい、と言うだけで伝わることはあるのかもしれない。そのときの表情や声も、お互いの理解を助けてくれる。でももっと深くわかり合うために、透はいろいろな言葉を使いたいと願う。すごい、とか、きれい、とか言うだけではなく。

「本山さん、」

「はい」

「あ……えっと」

だけどきっと言葉とは、人生そのものなのだろう。人が積み重ねてきた経験や、感じ考えてきたことや、伝えようとしてきたこと。それらのほんの一部分が、その人の言葉になる。伝えたいことを伝えるには、きっと自分にはまだ、何もかもが足りないのだろう。

「ありがとうございます」

と、透は言った。それはこの花を創ってくれたことへのお礼だったけど、それだけじゃなかった。

「ううん」

本山さんはそっと首を振った。本山さんは困ったような、微笑んでいるような表情をする。泣きそうな顔にも見える。二人はしばらくの間、黙った。

「あ、」

二人に落ちた沈黙を、そっと震わせるように、彼女が小さな声をだした。

「日付が……」

彼女の視線の先にある壁掛け時計が、〇時を指していた。

「これで、あと九日になりましたね」

「そっか、そうですね」

あと九日で、透はこの街を出ていく。

〝あと十日〟が〝あと九日〟に変わったように、それはそのうち〝あと八日〟に変わるのだろう。意識していようがいまいが、それは〝あと一日〟になり、やがて零日になる。後から振り返れば、カウントダウンのように時間は過ぎていく。

「あっという間ですよね、九日なんて」

と、透は言った。

「うん、そうかも」

「やっぱりちょっと、寂しいですね」

「そうですね……」

小さく微笑んだ本山さんが、紅茶を一口飲んだ。寂しい、などと口にだした透だったが、自分が、自分の気持ちを正しく言えているのかどうか、よくわからない。

ことん、と、カップがテーブルに置かれる音が聞こえた。二人が黙ると、時間は少しだけ流れ方を変える。一つ、二つ、と呼吸をするように、夜の時間がゆっくりと流れる。

透は緊張していた。そろそろ帰らなければならないのだろうが、もっと彼女と一緒にいたくて、もっと彼女に近付きたかった。目を伏せた本山さんの横顔を、ちら、と見る。顔をあげると、壁掛け時計は〇時三分を指している。熱かった紅茶は、もうすっかり冷めてしまった。

届かない時間を追いかけるような気持ちだったかもしれない。

手を伸ばした透は、そっと彼女の肩に触れた。彼女はうつむいたまま、じっと動かない。

透の手は動きを止める。

華奢で柔らかな肩だった。彼女の髪が透の指先に優しく触れた。顔を伏せた彼女の表情は、透にはよくわからない。

困っているのか、驚いているのか、それとももしかして、待っていてくれたのだろうか。止まってしまった時間のなかで、緊張だけが膨らんでいく。自分がどんなふうに呼吸しているのかも、よくわからない。

そこから手を動かすのに、何分かかかった。でも少しだけ動いたら、それで魔法が解けたようだった。

きっかけとか決心とかは、きっと数ミリの動きで生まれる。その数ミリや、その刹那が、大きなことを決めてしまう。その瞬間、何かが壊れたのかもしれないし、何かが始まったのかもしれない。

肩を引き寄せると、本山さんがゆっくりと顔をあげた。泣きだしそうな表情だった。透の頭の外側は奇妙に醒めていた。だけど伸ばそうとしたもう片方の手が、少し震えている。感触を探り当てるように。そこにある気持ちを確かめるように。暗闇のなかで息を潜め、その先に見えた光を捉えようとするように。

二人はそっとキスをした。

抱き寄せた彼女の体は、とても柔らかかった。首筋に手が触れたとき、小さな吐息が聞こえた。そこから先は、夢中だったかもしれない。

……センセイ、
小さな声が聞こえた。

……痛い。

抱き寄せているのか押し倒しているのか、よくわからなかった。

力を抜きながら元の体勢に戻ろうとした。優しくそっと抱きしめようとしているのに、溢れだす気持ちが止まらなかった。もう一度、さっきよりも確信めいて、彼女を抱きしめる。

「……すみません」

透の胸に彼女の熱い息が触れた。透が顔を寄せると、彼女は目覚めた朝顔のように応えた。さっきまでと違って、互いの決心が含まれたようなキスだった。

求め、抱きしめ、だけど全然足りなかった。舌と舌が触れ合ったとき、頭が痺れるようだった。また抱きしめ、首筋にキスをする。逃れるようにうつむいた彼女が、透の手を取った。

センセイ、
空耳かと思うくらいの、細くて消え入りそうな声だった。

あっち、行こう。

彼女がほんの少し引いた手が、次の数ミリだった。

暗闇に浮かんだ蛍が、そっと遊泳するようだった。弱くて微かな力に導かれるように、二人は寝室に向かった。

◇◇◇◇◇

カーテンの隙間から伸びた光の筋が、みのりの顔をそっと撫でた。

目覚めたとき、みのりはセンセイの腕のなかにいた。早朝、ほんのりと明るくなった寝室で、センセイはまだ静かに眠っている。

そっと体を起こしたみのりは、彼の寝顔を見つめた。透くん……。みのりと十歳くらい離れた年下のセンセイが、きれいな寝顔で眠っている。

昨夜、センセイはまっすぐに、みのりを抱いた。優しくて、情熱的だった。自分はどんなだっただろう、と思うと、みのりは急に恥ずかしくなる。

自分のことも相手のことも止められなかった。だけどみのりはずっと、声が漏れるのをこらえていた。彼に身を委ねながらも、何かがみのりを押しとどめていた。だけど……。

好き、と耳元で言われたとき、声にならない声をあげたかもしれない。そこからはもう、何も考えられなかった。彼の全部を受け入れたとき、夢のなかにいるようだった。

眠るセンセイの髪に、そっと手を触れてみる。好き、と、胸の奥でつぶやいてみる。わたしも好き、センセイ……。

だけど自分はこれからも、それを口にすることはないだろう。

昨夜、自分を押しとどめていたものが今、はっきり浮かびあがるように見える。情動の先で振り払ったものが、リアルな朝の光のなかでどうしようもなくよみがえってくる。それがどんなに素敵な旅でも、いつかは戻ってきて、現実の衣を纏《まと》わなければならない。

だから最後にもう一度、心の奥でつぶやいてみた。そっと封印するように。

好き、センセイ。

背中に一筋の光を集めながら、みのりはセンセイの唇にキスした。顔をあげると、センセイの瞼が少しだけ動いた。

「……ん、」

「あ、ごめん。起こしちゃった？」

「ううん、いや、うん」

むにゃむにゃと返事をするセンセイが可愛らしかった。

「んー、おはよう」

彼は遠慮がちに、みのりを抱き寄せるようにした。その力にみのりは体を委ねる。彼の胸に顔を寄せ、彼の体温を感じ、鼓動を聴く。大きな手で頭を撫でられながら、そっと目を閉じる。

覚えておこう、と思った。

彼のきれいな肌。優しくて、礼儀正しくて、整った顔立ちをした、年下のセンセイに抱かれて、わたしが幸せだったこと。それが夢のような時間だったこと。二人が情熱的に、お互いを求め合ったこと。

顔を伏せたまま、みのりは微笑んだ。ずっとずっと、覚えておこう。そしてもう少しだけ、このままでいよう。

ぱさり、と布団が擦れる音が聞こえ、センセイにキスされた。目を開けると、カーテンから漏れた光が、センセイの肩に落ちている。

……ねえ、

ん？

ごはん食べるでしょ？

うん。

まだ寝ててね。

えい、と体を起こし、みのりはベッドから降りた。そのまま素早くシャワーを浴び、考える。あれとあれを着て、あれとあれを焼いて、あれとあれを用意して、その前に髪を乾かして――。

髪を乾かし、スクランブルエッグを作っていたら、センセイが起きだしてきた。

「あれ、もしかして会社行くんですか？」

「うん、行くよー、もちろん」

みのりは明るい声で答えた。彼は少し驚いたような顔をしている。

顔を洗った彼に、プレートを運んでもらった。スクランブルエッグとソーセージ、焼きたてのトーストに、淹れたてのコーヒー。

「何もなくてごめんね」

「いえ、すごく美味しいです」

昨夜、カルボナーラを食べて、あれからちょうど半日が経っていた。朝のワイドショーで、高いところに犬が取り残されたニュースが流れている。誰か早く助けに行ってやれよ！　と、コメンテーターが叫ぶ。

みのりはカフェオレだけを飲み、立ち上がった。

「ゆっくり食べててくださいね」

「……あ、はい」

みのりはいつも通り歯を磨き、メイクをし、出勤の準備をした。

「センセイ、シャワー浴びますよね？」

テレビを観ているセンセイに声をかけた。

「んー、どうしようかな……」

「わたしはそろそろ出ますけど、浴びてってってください」

「え！　じゃあ、大丈夫です。僕も一緒に出ます」

「浴びたほうがいいですよ。だって、ほら、」

センセイ、昨日ちょっと激しかったし、とつぶやくように続けてみる。

「え？　何ですか？」

聞こえたのか聞こえていないのか、センセイが声をあげる。

「コーヒーもあるし、ゆっくりしていってください」

みのりは少し笑いながら、センセイと扉ごしに話した。メイクをしたり出勤の準備をしたり、といったいつもの行動を見られるのが恥ずかしかった。

「鍵はポストに入れておいてくださいねー」

本当はまだかなり時間の余裕があった。だけどみのりはいつもよりも手早く、準備を済ませた。

「それじゃあ、お先にごめんなさい。鍵よろしくお願いします」

「はい……」

慌てた様子で玄関まで送りに来てくれたセンセイが、何かまだ言いたそうな顔をした。微笑んだみのりは、センセイの手をそっと握る。

それじゃあ、とつぶやくように言って、みのりは部屋を出た。背中に感じていた視線が、ゆっくりと閉まるドアによって遮られる。

一度だけ振り返り、みのりは歩きだした。何も考えないように、駅への道を早足で進む。

休み明けの街はいつもと少し違うようにも、何も変わらないようにも見えた。自分は何も失ってはいない。昨日の橋のたもとで立ち止まると、朝日に暖められたムラサキカタバミが紫色の花を咲かせている。

続いていく。

地下鉄の駅に着き、同じ方向へと向かう大量の社会人や学生の列に、みのりは加わった。みんなが少しずつ忙しい顔をして、みんなが同じ方向を見つめている。みんなが少しずつ欲しかったものをあきらめた顔をして、みんなが少しずつものわかりのいい顔をしている。日々は続いていく。

みんなが少しずつ何かのふりをして、この世を回しているんじゃないか、と、みのりはときどきそんなふうに感じる。

どんなにそれが素敵な旅だったとしても、いつかは戻ってきて、纏わなければならないものがある。今ならば、自分はまだ何も失ってはいない。

◇◇◇◇◇

コーヒーを飲み終わった透は、眺めていたテレビの電源を切った。

一人で部屋に残っても、やることがなかった。清潔で感じがよくて居心地のいい部屋だったけれど、ずっとくつろいでいるわけにもいかない。

のろのろと立ち上がった透は、シャワーを浴び、タオルで体を拭いた。本山さんが用意しておいてくれたそれは、ふわふわしていい匂いがする。昨日と同じ服を着て、ドライヤーを借り、手櫛《てぐし》で髪を整える。

昨夜、彼女は可愛らしくて、きれいだった。柔らかくて小さくて温かなものを、透は抱きしめ、そのなかに潜ろうとした。透にとっては遠かった彼女と、自分の気持ちが溶け合った気がした。

朝、起きたとき、彼女と親密なキスを交わした。でもその後はなぜだか、二人の関係性が変わってしまった気がした。いったんゼロまで距離を縮めた二人だけど、もしかして別の距離が開いてしまったのだろうか。

ぼんやりとしたその考えが、朝の強い光のなかで、輪郭を濃くしていく。

センセイ、なんて言われているけれど、本山さんに比べたら自分はまだまだひよっこだ。自分なんかのでる幕ではない事柄が、彼女にはたくさんあるのかもしれない。部屋を片付け、荷物をまとめながら、透はその考えを振り払おうとした。だけど仕事に行った彼女に比べて、自分には今日やることさえない。

ポストに鍵を入れるとき、とてつもなく寂しい気持ちになった。どうして自分は、鍵をポストに入れているんだろう。どうして自分は一人で、こんなことをしているのだろう……。

好きになった人の部屋から自分の家まで、川を跨いで三十分程度だった。春の地元の道を歩いていると、寂しい気持ちは次第に薄れていく。川を渡るとき、ムラサキカタバミが咲いていることに気付いた。

透はしばらくその場で、花を見つめた。今頃もう、本山さんはデスクに向かって仕事を始めているのだろうか。昨夜は夜更かしをしてしまったが、眠くはないだろうか……。

ちゃんと好きだと伝えて、付き合ってほしい、と言ったら、彼女は何て言うのだろうか。東京から名古屋まで新幹線なら二時間はかからない。お金は必要だけど、週末などに会うことはできるだろう。

家に戻ると、部屋でそのまま眠ってしまった。目覚めると、もう昼食の時間だった。昨夜のことを淡い幻のように感じながら、透は階下のリビングに向かう。

「透、昨日、何してたの？」

母親が何気ない調子で訊いてきた。いつもは何も訊かないのに、どうしてこういうときだけ、そんなことを訊くのだろう。

「……バイト先で、先輩と話してた」

「そう。何か食べる？　チャーハンでいい？」

「うん」

立ち上がった母親が、中華鍋を握った。小学生の頃、土曜や日曜の昼食を二人で食べるときは、いつもチャーハンと決まっていた。

「あれ、これはもしかして、最後のチャーハンかしら」

コンロの火をつけながら、母親が言った。

「あんたがいなくなっても、間違えて二人ぶん作っちゃいそう」

がん、がん、と中華鍋を叩きながら、母親は豪快にチャーハンを作った。中高生時代も、母親は何度もチャーハンを作ってくれた。

「何だか、寂しいわね」

「え、そうなの?」

「そりゃそうよ。間違えて二人ぶん作っちゃったら、泣いちゃいそう」

「じゃあ、間違えないでよ」

透は笑いながら母に話しかける。

「でも、寂しいっていうより心配だわ。あんたが一人でちゃんと生活できるのか」

「できるよ」

「まあ、そうかもしれないけどね」

手早くチャーハンを作った母親が向かいの席に座った。いただきます、と、二人は手を合わせる。

「透は寂しくないの？」

「うん、おれは別に……」

寂しいと伝えるのと、寂しくないと伝えるのと、どちらが母親を安心させるのか、透にはわからない。

「そっか、そりゃそうよね。出ていく人は、寂しいなんてことはないか。何かが欠けるわけじゃないしね」

チャーハンを食べながら、母親は笑った。

「不在を感じるのは、残る者だけなのかもね」

「そうなの？」

うまく返せなかったけれど、母親が言っていることはよくわかった。例えば母親がいなくなったここで透が暮らすのだとしたら、あらゆるシーンで母親の不在を感じるだろう。

ここに一人残る母親が、自分の不在を感じ続けるのだとしたら、透は少し申し訳なく感じる。母親はかつて、夫を失ってもいる。

「まあ、なるべく帰ってくるし。メールもするし」

「うん、そうしてね」

出ていく側が寂しいなんて言うのは、おこがましい話だった。母親には悪いけれど、透はそのとき、本山さんのことを考えていた。

午後、東京に持っていく荷物を少し整理した。たいていのものは段ボール箱にまとめて宅配便で送り、あとは手荷物を持っていくだけにするつもりだ。

夕方、透はバイト先のバーに向かった。長く続けたこのバイトも、今週いっぱいで終わりだ。この街ですることが、どんどん終わっていく。その日、本山さんが来てくれないかな、と透は期待していたのだけれど、来てはくれなかった。

バーの常連さんが、バイトを卒業する透に声をかけてくれた。最後の日には送別会も開いてくれるらしい。

◇

バーでのバイトが終わり、送別会も開いてもらった。週のどこかで来てくれるだろう、と思っていた本山さんは、ついに顔を見せてくれなかった。

それでも透が彼女に連絡しなかったのは、日曜日には必ず会えると思っていたからだ。日曜日、透にとっては最後のお花の教室があった。

「向こうに行ったら、いろんなものを見てみなさい。好奇心を惜しまず、何でも経験してみるといいぞ」

最後の教室が始まる前に祖父が言った。

「そういうのは、年を取ると少なくなっていくからな」

「そういうのって？」

「好奇心とか情熱、だろうな。赤ん坊の頃や子供の頃は誰でも、あらゆるものに好奇心を全開にするけど、成長とともに薄れていくだろう？　二十代で好奇心を開くのと閉じるのとでは、その後の人生が大きく変わってくるぞ」

「そうなの？」

「ああ。間違いない」

笑いながら言う祖父だったが、こんなふうに教訓めいたことを言われたのは初めてだ。何も言わなくても、その背中や姿勢で、透に示し続けてくれた祖父だった。父親のいない自分には、とても大きな存在だった。ありがとう、じいちゃん。

その日、紫色の大きなダリアを主材として用意した。脇材は純白のカラーで、葉物はタマシダだ。人数分を教室に運びながら、本山さんのことを考える。

彼女は今日、どんな花をいけるのだろう、などと考えていた透だったが、やがてショックを受けることになる。

教室が始まっても、本山さんの姿はなかった。遅れているのだろうか、と思っていたが、なかなか現れない。他の生徒さんの作品に集中しながら、透は何とかその時間をやり過ごす。生徒さんと握手をしたり、写真を撮ったりしながら、透は最後の授業を終える。

どうして来てくれなかったのだろう……。もしかしたら自分はあの夜、何かまずいことをしてしまったのだろうか。本山さんはもう、自分とは会わないつもりなのだろうか……。

家に戻ると、することがなかった。荷造りはほとんど終えていたし、バーのバイトも生け花教室も終わってしまった。

思いきってメールをしてみると、しばらくして返事が届いた。

――ごめんなさい。仕事が入ってしまいました。センセイ、最後の教室、行けなくて残念です。今まで本当にありがとうございました。

感じがいいようにも、そっけないようにも、読み返すたびにメールの印象が変わった。あの日の朝に感じた寂しさが、再び透を取り巻いていく。

夜、透は寝られなかった。本山さんは何をしているのだろう。このまま会うことはないのだろうか。仕事が入ったというのは本当なのだろうか……。

この街を出ることに、なかなか実感を持てなかった。心残りとか、やり残したこととか、そういったものは、透のなかで霧のように漂っていた。だけどこんな直前になって、彼女と離れることが、心残りとしてくっきりと縁取りされていく。

こんな気持ちのままで、東京に行きたくはなかった。あの夜のことを思いだしながら、透は何度も寝返りを打つ。

◇

もう何時間も、彼女の部屋の前で待ち続けていた。こんなことはしちゃいけないことだし、するべきではないことだと、わかっていた。だけど、一言でいいから彼女と話したかった。十九時くらいから待っていたのだが、二十一時になっても二十二時になっても、本山さんは帰ってこない。自分は何をしているのだろう、と、情けない気持ちになっていた。もう帰ろうか、と思い始めたときだった。

「あれ！　どうしたんですか？　センセイ！」

二十三時を過ぎて部屋に帰ってきた本山さんが大きな声をだした。

「……すみません。会いたかったんです」

透は本山さんの目を見た。

「いや、でも急に来られても」

本山さんは驚いた顔のまま、足を止めた。もしかしたら彼女はちょっと、お酒に酔っていたかもしれない。

「困ります」

透を見上げた本山さんが、今どんな気持ちでいるのかわからなかった。用意していた言葉もあったのだけど、何時間も待っていたせいか、口がうまく回らなかった。

「困りますけど……、取りあえず入ってください」

目を逸らすように振り返った彼女が、ドアの鍵を開けた。うまく返事をすることのできない透の前でドアが開き、玄関の電気がつけられる。相手の気持ちも自分の気持ちもうまく摑めないまま、彼女に続いて玄関に入る。

「ちょっと待ってください」

「……はい」

接近したとき、本山さんからお酒の匂いがした。ばたばたと音をたてながら部屋に向かった彼女は、荷物を置いたり、辺りを片付けたりしている。

「どうぞ」

「はい、おじゃまします」

洗面所を借りて手を洗ったとき、鏡に映る自分の顔が見えた。こんなふうに突然やってくるのは迷惑だとわかったうえで、それを選んだはずだった。なのに鏡に映る自分は、とても頼りない表情をしている。

「ここどうぞ。どうしたんですか？　何か急用ですか？」

透がソファーに座ると、本山さんが紅茶を用意してくれた。

「いえ。用事があったわけじゃないんですけど」

「……そうですか」

カップにゆっくりと紅茶を注ぎながら、彼女は言った。

「じゃあ、こういうのは困るって、わかりますか？」

「でも……本山さんが来てくれないから」

「わたしのせいなんですか？」

「いえ、すみません」

透は頭を下げた。

「ただ、このまま会えなくなるなんて、おかしいって思ったんです。この前のことも、なかったことになっちゃったみたいで、このまま向こうに行きたくなかったんです。出発はもう、明後日《あさって》ですし」

自分が駄々をこねている子どもみたいだった。

「急に来たことはごめんなさい」

本山さんは目を伏せたまま、ティーカップの取っ手に手を伸ばした。でも熱かったのか、静かに手を引っ込める。それからしばらく紅茶の液面を見つめたまま、彼女は動かなかった。

じっと待っていても、紅茶はなかなか冷めない。だけどきっといつかは冷めていくのだろう。気付けば時刻は、夜の〇時を過ぎようとしている。

この前ここに来たときも、ここで〝あと十日〟が〝あと九日〟に変わった。今、〝あと二日〟が〝あと一日〟に変わっても、透は何も言えなかった。出口を失った夜は深い湖のように凪《な》ぎ、鼓動の音さえ聞こえない。

リビングの壁際、細くて透明な花器に、一輪挿しがあった。すっ、と一輪だけ、潔く飾れたアイリス。淡い水色に黄色のラインが可憐で、清々《すがすが》しいアイリス。

「わたし、そろそろ寝るので、帰ってもらえますか？」

液面を見つめたまま、本山さんが言った。

「……いえ、あの」

「ごめんなさい。ちょっと眠いので」

ちっとも眠そうな顔をしていない彼女が言った。

彼女に会いたくて、彼女と話をしようと思ってやってきて、まだ何も話せていなかった。紅茶だってまだ冷めていないし、自分の気持ちも話したかったし、本山さんの気持ちも聞きたかった。

「でも、あの、本山さん」

言葉を継ごうとするのだが何も言えず、透は自分の手を見つめた。うまく会話をしたいと思うのだが、どうしてこんなに言葉が遠いのだろう。どうしてこんなに自分は無力なのだろう……。

「センセイ」

本山さんが紅茶のカップに手を伸ばした。

「明日、スケートに行きませんか？」

「スケート？」

スケートという単語に馴染みがなくて、透の思考はしばらく彷徨《さまよ》った。

「わたし、明日は代休なんです。毎年、一回はスケートに行くんですけど、今年の冬は行ってなかったから」

顔をあげた本山さんは、泣き笑いのような表情をした。

「スケートに行きましょう、センセイ」

「……ええ」

つられるように透はうなずいた。

「橋のところで待ち合わせしましょうか。えっと、十三時くらいがいいかな？　それくらいでいいですか？　あ、わたしお弁当作ろうかな。どうします？　作っちゃおうかな」

早口で喋る本山さんが何を思っているのか、よくわからなかった。

「デイトですよ、センセイ」

首を傾げる彼女は笑顔になっていた。

「センセイ、明日に備えて、今日はもう寝ましょう」

結局、紅茶を一口も飲むことなく、透は彼女の部屋をでることになった。

◇

「スケートって、ほとんどやったことないんですよ。小さな頃、一回やった記憶があるくらいで」

「へー。じゃあ、今日はわたしが教えてあげますね」

ふふふ、と本山さんが楽しそうに笑った。橋のたもとで待ち合わせて、本山さんとスケート場に向かった。隣を歩く彼女は、教室で見るものとも、あの夜に見たものとも違う表情をしている。

「今日はわたしが先生ですね、センセイ」

「あ、はい。よろしくお願いします」

透は笑いながらぺこりとお辞儀をした。かなり小さな頃、一回だけ母親に連れられてスケート場に行ったことがあるけど、それだけだった。高校生のとき仲間内で行こうかという話になったが、透は用事があるからと行かなかった。用事なんて本当はなかったけれど。

「あ、そうだ。忘れてた。センセイ、手袋は持ってきました?」

「え！　要るんですか？」

「はい。必須ですね」

本山さんは、ふふふ、と笑った。

柔らかい日射しの下、春の日のデイト、という感じだった。待ち合わせ場所にやってくるなり、彼女は、寝坊してお弁当作れなかったの、ごめんなさい、と可愛らしく手を合わせた。

「途中で、どこかで買いましょう。スケート場にも売ってると思いますけど」

「はい」

地下鉄に乗り、また地上に出て、途中にあった百均で透は手袋を買った。ここのところずっとふさぎがちだった透の気分は、伸びやかな春の陽気とシンクロしていく。

「わたし、子どもの頃は、冬になると毎日、学校の校庭で滑ってたんですよ」

「ええっ⁉」

驚く透を見て、彼女はまた可笑しそうに笑った。

「いや、センセイ、そんなに驚かなくても」

「でも、え、本山さんはどこの出身なんですか？」

「長野ですよ。今でもときどき帰ります」

「……そう、だったんですか」

考えてみれば透は、彼女についてほとんど何も知らなかった。実家のことも、どんな学校をでたのかも、どうして今の仕事に就いたのかも知らない。

「それって、校庭に自然にリンクができるんですか?」

「作るんですよ。雪を踏み固めて、水を撒いて」

「へえー」

校庭のリンクをうまく想像できないまま、やがてスケート場に辿り着いた。二人は貸し靴を借り、コインロッカーに荷物と靴を入れ、鍵をかける。スケート場のシステムを理解していない透には、何もかもが珍しい。

「ここを結ぶんですか?」

「はい。あんまりきつく縛らないようにしてくださいね」

本山さんに教わりながらスケート靴を履いた。立ち上がろうとすると、いきなり体がうまく動かなかった。これって、え? これってどうやって歩けばいいんですか! 先生!

「大丈夫ですか、センセイ。行きますよ」

本山さんはスケート靴を履いた状態で、すっと立っていた。おそるおそる体を起こした透は、一歩踏みだしてみる。動けないことはないが、いつ転んでもおかしくはなかった。彼女の後について、透はよろよろとリンクに向かう。

壁に摑まり立ちをする透の隣で、本山さんがスケートリンクを見渡した。青い壁に囲まれた白い世界で、人々がつむじ風のように舞う。中央では子どもたちがフィギュアスケートの練習をしている。

「センセイ、手を離して立てますか？」

振り返った本山さんが、透を見た。

「そう。足を逆ハの字にして、そのままゆっくり歩いてみてください」

手を後ろに組んだスケートの先生は、器用に後ろ向きに滑る。

「はい！　そのまま、ゆっくり前に進んで」

「……えっと」

氷野をゆくペンギンのように、透はよたよたと歩きだした。

「左右の足に、順に体重をのせて」

「お、はい、お」

一瞬氷をうまく捉えたと思ったけど、多分、歩くのと転ぶのの中間のような感じだった。

コントロールを失った透は、思わず本山さんの服にしがみついた。

「ごめんなさい！」

「あははは、大丈夫ですか、センセイ」

朗らかに笑う彼女に誘導され、透はまた壁に摑まった。リンクの上の自分が、こんなに何もできないとは、思ってもみなかった。

「センセイ、壁づたいにゆっくり歩いてみてください。大丈夫、すぐに馴れます。歩けるようになれば、その延長が、滑る感じになりますよ」

「そうなんですか？」

「ええ、きっとセンセイは上手ですよ」

本山さんはにっこりと笑った。

「わたし、ちょっと一周してきますね」

「……はい、どうぞ」

本山さんは滑りたくて仕方がないようだった。哀れなペンギンを置き去りに、彼女はくるりと振り返った。そのまま風のように、すいー、と滑りだす。やがて周回する人たちと交ざり、左へと旋回していく。

きれいなフォームだな、と、透はその後ろ姿を眺めた。それから、このままではいかん、とすぐに自分の足下に意識を戻す。このまま置いていかれるわけにはいかなかった。

摑まった手を離し、おそるおそる滑ってみようとした。曲がったり止まったりするのはともかく、前へ進むのはそれほど難しいわけではなさそうだ。氷上歩行の歩幅を広くしていくと、スケート靴のブレードが前へ前へと滑る感覚がある。左右の足に順に体重をのせると、氷上をすいー、と進むことができる。

少し滑って、また壁に摑まったところで、本山さんが手を振りながら左を滑り抜けていった。風を巻いて颯爽《さっそう》と滑る彼女は格好よかったけれど、透は少し笑いそうになってしまった。ちょっと一周してきますね、と彼女は言っていたけど、一周では全然足りなかったのだろう。

再び足下に意識を戻し、透は氷上を歩いた。透のスケートの先生はなかなか実践的というか何というか、崖から弟子を突き落として、登ってこい、登ってきたら技を教えてやる、というような指導方針らしい。自分は今、本気をださねばならない。

「センセイ！」

スピードを緩めた本山さんが、また手を振りながら、透の脇を通り過ぎていった。気を取られて足下をおぼつかなくさせた透はまた、いかん、いかん、と足下に意識を戻す。ペンギン歩きから滑走へ、透は少しずつスケートの感覚を掴んでいく。

思いきって壁から離れて滑りだしたとき、後ろから本山さんが追いついてきた。

「わ、もううまくなってる！　さすがです、センセイ」

「いや、必死ですよ」

「あ、でもいいですね。そう。手と足を一緒にだす感じです。右手と右足を一緒に」

透の隣に寄り添うようにして、本山さんが手本を見せてくれた。言われた通りにしてみると、氷上を滑る感覚が増した。ほんの少し前は立っているだけで必死だったのだが、ずいぶんうまくなった気がする。

「そうです。右と左、ゆっくり順に体重をのせて。そう。いいですね！」

早くもうっすらと汗をかいていた。まだ歩くのと滑るのの中間くらいだけど、バランスを崩したりはしなくなった。低速とはいえ、風を切って滑るのは気持ちがいい。

いつの間にか二人はリンクを一周していた。

「センセイ、そろそろ行きますよ」

本山さんが透に手を差しだした。

「え、ちょっと待って」

「大丈夫、ゆっくり行きます」

透は本山さんの手を握った。微笑みながら前を向いた彼女が、少しずつスピードをあげていく。手袋ごしの力に導かれ、透はそれまでに感じたことのない風を感じる。

「怖いですか？　センセイ」

「いえ、大丈夫です」

摩擦の小さい氷上で感じるスピードは、地上で感じるスピードとは違った。うまい人たちに比べれば、ずいぶんゆっくりとした滑りだけど、透にしてみれば少し怖いくらいの刺激的なスピードだ。

「楽しい？　センセイ」

「はい、楽しいです！　本山さん」

あははは、と彼女は笑った。嬉しそうに笑う本山さんに、透も浮き立つような気分になった。透が昨日まで悩んでいたことは、いつの間にか消えてしまった。氷上の周回に、心が解放されていく。透を導いてくれる彼女の手は、とても確かだ。

「センセイ」

「はい」

「今日、回転寿司に行きましょうか?」

「あ、回ってるからですか?」

「うん」

手を繋いだ二人は、笑いながらリンクを周回した。このままずっと二人で、風を感じながら回り続けたかった。

「センセイ、大丈夫ですか? 疲れてない?」

「ええ、実はかなり疲れてます」

「ちょっと休憩しましょうか」

二人はスピードを緩め、透は壁に摑まった。力を抜くとよくわかるのだが、全身に余計な力が入りまくっている。

「センセイは運動神経がいいんですね。やっぱり若いからかな」

「本山さんの教え方がいいんですよ」

上気した頰で笑い合った二人は、リンクに目をやった。様々な格好をした人々が、回転寿司の皿のように滑らかに流れていく。

「わたし、もうちょっと滑ってきますね」

「あ、じゃあ、僕ちょっと靴ひもを巻き直してます」

「はい。じゃあ、行ってきます」

颯爽と滑り始めた本山さんを見送り、透はスタンドのベンチで一息ついた。靴ひもをきつく縛りすぎたのか、さっきからすねの辺りが痛かった。いったん靴を脱ぐと、足のおもりが取れた気分だ。

顔をあげてリンクに目をやると、本山さんのことはすぐに探しだすことができた。基本に忠実、という感じのフォームだ。丁寧で楽しげで、やっぱりというか何というか、すごい集中力だ。

本山さんは人をすり抜け、風を切り、リンクを周回する。ときどきこっちに向かって手を振って、笑う。

笑顔が通り過ぎる瞬間、何かを振り切るような彼女の横顔が透の瞼に焼きついた。去っていく背中は、なぜだか寂しそうに見える。とてもきれいで柔らかなフォームで、彼女は滑る。きれいだな、と透は思う。

教室でも感じたような、彼女を尊敬するような気持ちが、透の胸のなかにふつふつと湧いてくる。ただスケートをしているだけの彼女に、こんなことを感じるのはおかしいのかもしれない。でも透には持てないものを、彼女はいつも自然に纏っている。

好奇心と情熱を大事にしなさい、と、祖父には言われた。どういうことだろう、とあまりわからなかったけれど、透が彼女に惹かれているのは、それと関係があるのかもしれない。好奇心と情熱に溢れた人は、こんなにも魅力的だ。

「センセイ！」

また目の前を本山さんが手を振りながら過ぎていった。透は手を振り返す。彼女の横顔が、瞬間の風のように、また透の瞼に焼きつく。

透は子どもの頃から、たいていのことをそつなくこなしてきた。他者からもそう見えているのだろうな、と自覚してもいる。だけど本当は何一つ、本気をだせていない。できることとできないことを、やる前に判断して、できないことはスマートに避けてきた。できることを、それ以上できるようにしようとは思わない。

スケートだって、今日誘われなかったら、このまま一生しなかったかもしれない。やってみたら、こんなにも楽しいのに。

本山さんの集中力は、風を切り、軌跡を残し、氷上の周回を続ける。

◇

朝のこの駅は、通勤客でごった返していた。出張するビジネスマンと思《おぼ》しき人も多いし、学生もいる。時計を見ると、九時少し前だった。

キャリーバッグを持ったまま、改札前で本山さんが来るのを待った。本山さんは九時前くらいに来ると言っていたが、なかなか現れない。ときどき遠く、新幹線が入構する音が聞こえる。

昨日、さんざん滑って疲れ果てた二人は、回転寿司店に行った。スケートを楽しんだ余韻そのままに、他愛もない話をして盛りあがった。新幹線に乗る時間を話したら、はい、と本山さんは微笑み、アナゴの皿を取った。

出勤前に見送りに来る、と彼女は言った。サーモンの皿を取った透は、ありがとうございます、と頭を下げた。じゃあ明日、と笑い合って、二人は爽やかに別れた。

まだだろうか、と、透は左右を見渡した。話したいことはまだ山ほどあったし、伝えたい気持ちもあった。昨夜、何度も寝返りを打ちながら、彼女に伝えようと決めたことがある。だけどまだ、本山さんは現れない。

九時半が近付いた頃、ようやく彼女の姿が見えた。出勤の格好をした彼女が、遠くから笑顔で近付いてくる。その笑顔に、何となく気持ちを逸らされたような気分になった。

「待たせちゃってすいません！」

彼女は満面の笑みだった。

「ホームまで行きますよ。荷物持ちましょうか？」

「……いえ、大丈夫です」

改札を抜けたとき、電光掲示板を見ると、出発まであと十数分だった。あと十数分で、彼女と離れなければならない。

多くの人でごった返す構内を、二人は並んでホームへ向かった。キャリーバッグをがらがらと引いて歩き、階段を上る。

向こうまで何時間ですか、とか、お昼ごはんはどうするんですか、とか、八号車はこっちですね、とか、本山さんはずっと喋っていた。アナウンスが聞こえると黙ってそれを聞き、途切れるとまた同じような話を始める。時間を言葉で埋めるように、彼女は話をやめなかった。

「今日、天気がよくて、よかったですね」

「……はい」

八号車の乗車場所で足を止め、透はゆっくりと彼女に向き直った。

「あの、」

「あ、わたし、お茶買ってきますね」

口にしようとして宙に浮いた言葉を持てあます透を置き去りに、本山さんはいきなり自動販売機のほうに駆けだした。透は本山さんの後ろ姿を見つめる。自動販売機の前でかがんだ本山さんが、やがてペットボトルのお茶を手に取り戻ってきた。

「はい、これ。飲んでください。つまらないお餞別《せんべつ》ですけど」

「いえ、ありがとうございます」

そのとき、新幹線の入構を知らせるアナウンスが聞こえてきた。

「あの、本山さん」

透が声をだすと、本山さんが首を傾げた。

「今日は来てくれてありがとうございます。本山さんに会えてよかったです」

「はい。こちらこそ」

本山さんがにっこりと微笑んだ。

「あの、本山さんのことが好きです」

「……うん」

けたたましいベルの音が、ホームに鳴り響いた。彼女は笑っているようにも、泣きだしそうな表情をしているようにも見える。

「ありがとう、センセイ。嬉しいです」

そう本山さんが言った気がしたけど、はっきりとは聞こえなかった。入構する新幹線の風圧が、二人の何もかもを吹き飛ばすようだった。

「向こうでも頑張ってね、センセイ」

ホームに吹いた風のなかで、本山さんが優しく微笑んだ。

「健康に気をつけてね。わたしも頑張るね」

本山さんが、透の手を握手するみたいに握った。

ベルが鳴り終わり、新幹線がホームに止まるのと同時に、彼女の手が離れた。ドアが開き、何人かの客が降りてくる。ホームにいた数人が、列車に乗り込んだ。

「行きましょう、センセイ」

笑顔の本山さんが、透を列車に乗るよう促した。促されるままデッキに乗り込んだ透は、すぐに振り返った。見つめ合う二人には、もうほとんど時間がなかった。

「あの、本山さん、僕と付き合ってくれませんか？」

何て間抜けな台詞《せりふ》なんだろう、と、言いながら思う。

「ムリですよ、センセイ」

本山さんはやっぱり笑顔だった。

「ありがとう、センセイ」

発車ベルの音が鳴り響いた。

「見送って悲しくなるのは嫌だから、もう行くね」

ベルの音で彼女の声がよく聞こえなかった。

「それじゃあ」

にこり、と微笑んで、本山さんが踵《きびす》を返した。ベルの音が途切れたとき、透はデッキからホームに降りようとした。だけど足は床に張りついたように動かず、目の前でドアがゆっくりと閉まっていく。窓越しに本山さんの後ろ姿が見える。

（本山さん！）

窓に顔を寄せ、彼女の後ろ姿を見つめた。まっすぐに歩く彼女の後ろ姿が、泣いているように見えた。新幹線が動きだすと、一瞬だけ彼女の横顔が見えた。

前を向いて歩く彼女と、彼女の姿を見つめる透が、次第に離れていく。

遠くなる彼女は小さくなり、やがて点になって消えた。

◇◇◇◇◇

四月になり、予備校のほとんどの生徒たちが入れ替わった。

受験に失敗した彼らは、最初は皆不安げな顔つきで、うつむきがちに歩く。だけど次第に浪人生活という名の日常に慣れていく。やがて生徒同士のグループもでき、賑やかになっていく。

顔をあげていく彼らと歩を合わせるように、みのりの日常も静かに進んだ。広報誌の編集をして、イベントなどに駆りだされ、生け花教室に通い、時間があれば写真を撮る。センセイのいないこの街で、日々は忙しく充実しているようでもあるが、か細い糸で留めたように頼りなくもある。

——どことなくじめっとした毎日を送っていると、喉が渇くよね。

五月になってすぐに、果歩からメールが来た。相変わらず全国を飛び回っている果歩と飲みに行くのは、久しぶりだった。何度も一緒に行った「風来坊」という店で、二人は乾杯をする。

「おつかれさまー」

「マジでおつかれー」

二人はビールを飲み、二人前頼んだ手羽先をぱくついた。

冷たいビールはいつだって二人の味方だし、皮がぱりぱりで甘辛でスパイシーな手羽先はビールの味方だ。味方の味方はもちろん、二人の味方ということになる。

三日前まで北海道に行っていたという果歩から、お土産をもらった。社内の噂話を一通りして、ビールをお代わりし、豆腐を食べ、しいたけのホイル焼きを食べる。手羽先に続いて、手羽元も二人前頼む。

久しぶりのビールが美味しかった。お店の喧噪にまぎれるように、日常が数センチだけ浮上する。具体的な対象を失った果歩の恋愛話は、ここのところ抽象的な話に終始する。

「わたしはついに、気付いてしまったよ。自分の黄金期《プライムタイム》が過ぎてしまったことに」

新たに頼んだ手羽元を、果歩は横に引くようにして食べた。

「そんなことないでしょ。果歩、社内でもモテてるし」

「いいや、そういうことじゃないの。でも、ここからが肝心なのよ」

果歩には彼氏のいない期間がほとんどなかった。でも前にタイ料理店で飲んだときには、半年間、恋をしていないみたいだった。あれから三ヶ月くらい経っているから、今は九ヶ月だということで、もうすぐ一年になってしまう。

前のときは、モテ期の終わりの始まりだ、と騒いでいたけれど、今日は黄金期が去った、と言っている。何があったのかは知らないけれど、というより逆に、〝何もなかった〟のかもしれない。

「わたしは思うの。浮かれすぎた季節を過ぎて、終わりをきっちり認めて、ここからが大事な気がする。素敵なレディにならなきゃ」

「……うん、そうかもね」

レディって何だろう、と思いながら、みのりはビールを飲む。

「手羽先と手羽元は、だいぶ違うでしょ。これからはそういう〝違い〟に耳を澄ませないと。でも基本的に手羽先も手羽元も同じようなもんだけど」

何を言っているのかよくわからないけど、果歩は真剣な表情で手羽元の肉をむしる。

「手羽先も手羽元も……、どちらも最後には……、骨が残る」

何かいいことを言っているのかと思ったけれど、そういうわけでもなさそうだった。果歩はビールの追加を頼み、みのりも勧められるままに同じものを頼む。

「あ、そうだ。あのときのバーのセンセイ、もう引っ越しちゃったんだよね」

「うん。三月末にね」

「そっか、じゃあもう、あのバーに行っても会えないのか。また行きたかったけど……」

あの日のことを、みのりはぼんやり思い返した。気のすすまないまま牧野さんの結婚式の二次会に行って、その後、センセイの働いているバーに果歩と二人で行った。あれから二ヶ月くらいしか経っていないのに、もうずっと昔のことのように思える。

「きっと、そういうことなんだよ、みのり。わたし反省しなきゃ」

「何を？」

「大切なものはちゃんと大切にしなきゃ。行きたいと思ってるだけじゃダメなのよ。行きたいならちゃんと行かなきゃ、ぼやぼやしていると、時間と状況はどんどん流れていっちゃう。今まではそれでもよかったかもしれないけど、黄金期を過ぎてしまったこれからは特に」

わかっていた。時間の流れは不可逆で、ぼやぼやしていると、どんどん物事は過ぎ去ってしまう。骨になってしまった手羽先は元には戻らず、センセイもあのバーに戻ることはない。

「センセイはもう、行っちゃったんだねえ」

「……そうだね」

あたらしく届いたビールに静かに口をつけた。一口飲んだら、わかってしまった。これは境界線上のビールだ。今なら引き返すこともできる。だけどこのまま酔いに巻かれてしまうこともできる。

「みのりも、寂しくなっちゃったね」

「そりゃあね。もうセンセイに花を教えてもらえないし」

ぐびぐびぐび、と、みのりは静かに境界線を跨いだ。

「でも、寂しいのは、それだけが理由じゃないでしょ？」

「……うん、まあね」

みのりはジョッキを置いた。

微笑みながら首を傾げる果歩は、こういうことには妙に勘が働くのかもしれない。普通に振る舞っているつもりでも、長い付き合いだからわかってしまうのかもしれない。

「あの後、春分の日だっけ？　みのりはバーに行ったんでしょ？」

「うん」

「行っただけ？　何かあったの？」

「……いや、まあ、ちょっとあれだけど」

「なになに？　何があった？」

怪しいと思ったのか、果歩はずん、と踏み込んできた。何も話すつもりなどなかったけれど、これはきっとあれだ。五段変速のギアで言えば四速近くまで酔い始めている自分は、今夜、全てを吐きだすことになるのだろう。

「ねえ、何かあったんでしょ?」

「うーん、でももう、過去のことだけど……」

考えないようにしていても、そういうわけにはいかなかった。センセイが行ってしまってから、みのりはずっと悲しかった。だけど泣くわけにはいかないじゃないか。

あの夜のことは、本当は悲しいできごとではなかった。こんなふうに酔っていると、そのことがありありとわかる。幻のようなあの夜のことは、熱くて優しい記憶として、胸の奥で細く光っている。

みのりは、ゆっくりとビールを飲んだ。それから、ぽつり、ぽつり、と語りだした。

あの日、センセイの送別会のつもりでバーに行ったこと。他にお客さんはいなくて貸し切りみたいになっていたこと。美味しかったカルボナーラのこと。二人でカウンターに座って飲んだこと。これからのことを話したり、これまでのことや、お花について話したこと。

「へえー、そうなんだ。素敵じゃない。それからどうしたの?」

「うん、」

それから電車に一緒に揺られて帰ったこと。橋のたもとで花を見つめたこと。思いきって部屋に誘ったこと。みのりの部屋で一緒に写真を見たこと。そのあとに起こったこと。

「まじで！　ちょっとすごいじゃん、あんた、センセイになに教えてんのよ！」

「何も教えてないから！」

魔法のような夜の記憶は、果歩の好奇心にさらされて、何かこう、一気に下世話なトピックにすり替わっていく。

「どんなだったの？　それはどんなあれだったの？」

「何が？」

「だから、その次第は、どんな感じなのよ？　あ、すみません！　お代わりお願いします！　二つ同じものを」

果歩はみのりのぶんも一緒に、ビールのお代わりを頼む。

「果歩、ちょっと興味持ちすぎだから」

「いいじゃん、ねえ、どんなだった？」

「どんなって……普通だけど」

「普通なんかない！　そういうのに普通なんかないから！　何かあるでしょ？」

「んー……何かって言われても」

「例えば、何か言われたりしたでしょ？　愛してるよ、みのり、とか」

「言われないよ！　なんか古いよ、果歩」

うはははは、と笑う果歩の追及は止まらなかった。

「けど何かは言うでしょ？　だって無言じゃないでしょ」

「んー……途中でちょっとだけ、恥ずかしいこと言われたかも」

「どんなこと？」

「まあ、それはいいじゃん」

「教えてよ。例えばどんなこと言ったの？」

「……えっと」

ビールを届けてくれたお兄さんが去るのを待ってから、みのりは口を開いた。

「本山さんって、そんな声をだすんですね、って」

「ぎゃー！」

果歩が素っ頓狂な声をだして仰《の》け反《ぞ》った。これはすごく余計なことを言ってしまったのかもしれない。

「すごい！　お花のセンセイはさ、その夜、みのりっていう花を、開花させたんだね！」

うん、うん、と一人でうなずく果歩に、ナニイッテルンダコイツハ、と思う。

「けどセンセイは危険だね。うん。なんていうの、破壊力があるっていうか、これから野に放つと、危険な男になるね。みのりで食い止めといたほうがいいね」

うん、うん、とうなずく果歩から目を逸らして、みのりはビールを飲んだ。

「それで？　それからどうしたの？　付き合ってるの？」

「ううん」

みのりは首を振った。

「その日からね、わたしから距離を取っちゃった」

「え、どうして?」

「センセイは東京に行くわけだし。わたしとは年の差もあるし」

「……それは、そうなんだろうけど」

果歩はみのりの顔をじっと見た。

「それでよかったの? みのりは好きだったんじゃないの?」

「……うん。すごく、好きだな、って思った」

「じゃあ、どうして?」

「わたしは相応しくないよ。果歩はさ、自分が大学生になったときのこと思いだせる? これから東京の大学に行くとして、その直前に地元で彼氏を作る必要がある?」

「いや、必要があるか、って言われると、ないのかもしれないけど……」

果歩はしゅんという感じにうつむき、二人はしばらく黙った。

「でもさ、みのり」

「なに?」

二人は手元のビールの液面を見つめながら、話した。

「これはわたしの独り言みたいなもんだけど、」

「……うん」

「みのりは、欲しいなら欲しいって言わなきゃダメだよ。相手のこと考えすぎても、しょうがないでしょ。必要とか、相応しいとか、それは相手が考えて判断すればいいことだし。無理なことや足りないことはさ、二人で補っていけばいいんだから」

「…………」

うなずこうとしたみのりの視界はぼやけていった。

「月にある大学に行くわけじゃないんだし、年の差なんて、靴のサイズの違いみたいなもんだと思うし」

返事をしようと思うのだが、声をだせなかった。

本当はみのりにはわかっていた。

結局のところ、自分は逃げだしたのだ。相手のことを思いやるふりをして、いい人みたいなふりをして、ものわかりのいいふりをして、自分の気持ちを言わないことを選んだふりをして……。

ただ臆病なだけだった。ずっと自分の気持ちや、未来の予定や、心づもりを乱されることを避けてきた。自分のペースを守ることばかりを考えてきた。でも、そうやっていても、いつかは何かが起きるのだ。

あの夜、それまで遠かったセンセイの心に触れた気がした。ずっと守っていた自分の心の深いところに、触れられた気がした。熱病に冒されたようなひとときだった。なのに自分の奥底から湧き上がった情熱を、みのりは肯定することができなかった。

怖かった。戻ってこられなくなるところに踏み込むのが、怖かった。傷ついたり、乱されたり、惨めな思いをしたりするのは嫌だ。あの後センセイに会っても、みのりは自分の気持ちを必死に抑え続けた。

そんなことを努力するのは間違っている、と本当はわかっている。だって、そんなふうに自分を守ることばかり考えて……、もしかしたら自分は……、

センセイのことを傷つけてしまったのかもしれない。

「みのり？」

ずっと悲しかった。だけどみのりは一度も泣かなかった。かつて恋人と別れたりしたとき、みのりは毎日わんわんと泣きまくった。泣きまくって、少しずつ回復していった。だけど今回ばかりは違う。泣いてすっきりするのは、違う気がした。自分が逃げだしたのに、そんなのはずいぶん都合がいい話じゃないか。

「みのり。……大丈夫？」

右の目尻から、筋を引くように涙がこぼれた。涙を拭いてはいけない気がして、みのりはじっと動きを止める。やがて静かに、左の目尻からも涙がこぼれる。だけど泣くわけにはい

かないと、みのりは歯を食いしばる。泣きだして、励ましてもらって、そんなのは卑怯な気がした。

耐えるみのりの頬を、果歩がハンカチでそっと拭った。

センセイが東京に行ってから、一ヶ月あまりが経っていた。時間が経つにつれ、胸の奥にあいた穴を意識させられた。今までにもこんなことはあったけれど、日常や涙が、次第にその穴を埋めていった。でも今度の穴は、もう二度と塞がらないだろう。

場所や時間が離れていても、結局全ては続いているのだ。

逃げだして、向き合おうとしなくて、そのことのせいであいた穴は、もう二度と塞がらない。

◇◇◇◇◇

透はどこにも辿り着かないため息をついた。

あの日、本山さんとホームで別れた。呆然と新幹線のシートに座り、新居となるアパートに着いたのは午後二時過ぎだった。まだ荷物も届いていなかった部屋は殺風景で、部屋主にすら愛敬を振りまかない。

部屋の真ん中にキャリーバッグを置き、透はカーテンのない窓から射し込む光を見つめた。この部屋で初めて考えたことは、やっぱり本山さんのことだった。彼女の名を新幹線のデッキで呼ぼうとしてから、まだ一言も言葉を発していなかった。彼女の横顔はなぜだかうまく思いだせず、浮かぶのは、小さく遠くなる姿だけだ。

自分は拒絶されたのだろうか……。

あの夜、心が通い合ったと思った。バーでのひとときも、スケート場に行ったときも、生け花教室でも、二人は親密な時間を過ごした。他のことでは代わりにならないものが生まれ、育とうとしたのだと思っていた。でも、そんなのは全て、幻だったのだろうか。

自動販売機で買った缶コーヒーを一口飲んだ。透はこれからこの部屋で、一人で暮らしていくことになる。だけどこれは本当に、自分が望んだことなのだろうか……。

二人はもうこんなにも離れてしまった。本山さんのことを求める気持ちが、宙に浮いて彷徨う。とてつもない寂しさが、この部屋に満ちている気がする。

それからの日々は、あっという間に過ぎていった。春のキャンパスで、オリエンテーションを受け、履修登録をする。浮かれた感じのする同級生たちには、うまく交ざることができなかった。唐突に始まった授業は、ぼんやりしていると何も頭に入ってこない。年下の同級生たちはサークル選びに迷っていたが、そういうものに入る気にはなれなかった。

世界との距離を測りかねるような日々が、実感を伴わないまま過ぎていく。

ときどき小さな刺激を受けても、それを報告したい人がいなかった。手に入らないものを望み、届くことのないものを待ちながら、透は春のキャンパスを歩き、一人の部屋で眠った。漂流するような東京での日々、胸の奥でくすぶり続ける思いが、ときどき透を眠らせてくれない。

段ボール箱とキャリーバッグしかなかったアパートの部屋は、少しずつ彩りを増していった。段ボール箱は消え、カーテンは遮光し、やかんはお湯を沸かす。部屋の隅に、花のない花瓶が置かれる。

東京でも花をいければいい、と気付かせてくれたのは本山さんだった。彼女の部屋に倣って、花器を置いてみたけれど、花にはまだ触れる気がしなかった。花のない花瓶を見つめるとき、透はやっぱり本山さんのことを思う。

四月はあっという間に過ぎ去り、五月も終わろうとしていた。漠然と受け続けた授業の内容はほとんど頭に入っていなかったし、挨拶する程度以上の友人もいなかった。そろそろちゃんとしなければ、と、思った透は、たまたま目に入った求人誌を手に取った。自分が三月までバーテンダーをしていたことを、ぼんやりと思いだしながら。

電話を入れると、今から面接をしてくれるという。夕方の早い時間だったから、まだお客さんは来ていないのだろう。緊張しながらお店に向かうと、カウンター席に座ったマスターがくねり、という感じに振り向いた。

「君、ケイケンあるんだよね？」

「はい」

髭を生やしたマスターは、顎に指を当てて透を見た。

「うん、採用。来週から来れる？　来ラレル？」

「あ、はい」

「じゃあ、よろしくね、透クン」

驚くほどあっさりと採用が決まってしまった。マスターはウィンクするような仕草をして、開店の準備を始める。

制服やシフトのことを確認し、透はまだ明るい繁華街の道を駅へと戻った。主体的に物事を進めたのは、ずいぶん久しぶりのことかもしれない。ただのバイトの採用だったけれど、嬉しい気分が湧きあがってくる。

このことを誰かに報告したいと感じたとき、浮かんだのはやっぱり本山さんの顔だった。彼女は今、何をしているのだろうか。今はまだ仕事時間だろうか……。

新幹線のホームで別れて以来、彼女とは連絡を取っていなかった。こちらからは連絡しづらかったけど、近況を報告するくらいなら、気軽にメールしてもいいんじゃないだろうか。

――本山さん、お久しぶりです。バイトが決まりました。また、バーテンです。東京生活、頑張ってます。本山さんのことをときどき考えてます。

メールした直後から緊張し、また期待していた。用もないのに、何度もスマートフォンの画面を確認してしまう。だけどなかなか返事は来ない。

夜中の〇時、眠る準備を始めようとしたときに、ようやくメールを受信した。

――メールありがとうございます。こちらはようやく仕事が一息ついたところです。バイト採用おめでとう。新生活、頑張ってくださいね。

透はまだ一度も花をいけていない花瓶を見つめた。文面は優しいけれど、内容は儀礼的だった。メールが届いたときに感じた淡い嬉しさは、やがて寂しさに呑まれていく。近況を報告して、返事が来ただけなのに、彼女との遠い距離を思い知らされた気がした。

◇

地方都市の小さなバーとはやはり違って、ここのバーには活気があった。おしゃれで個性的な常連さんは皆、何か足りないものを抱え、ここでの時間でそれを埋めようとしているように見える。

「はじめまして。内田です！」

従業員はマスターの他に先輩が三人いた。そのうち一人が内田愛麻《えま》という女の子で、透と同じく、今年から大学生活をスタートさせたらしい。透よりも二つ年下だけど、店では二ヶ月ぶん透の先輩にあたる。

「滝川です。よろしくお願いします」

「うん、よろしくね！」

内田愛麻は透が二つ年上とわかっても、学年が一緒だからかタメ口のままだった。大学生はキャンパスを出ても、学年で上下関係が決まるらしい。バーテンダーの世界は特に体育会系なので、もしかしたら透のことを後輩だと認識しているかもしれない。

白いシャツに蝶ネクタイをした彼女は、ハーフエプロンをつけていた。元気がよくてきびきびした動作で挨拶する彼女は、店でも人気者らしい。

「滝川くんって、カクテル作れるんだよね」

「うん。地元ではまあまあ人気あったよ」

「へえ！　今度私にも教えてよ。マスターが超キビシくてさ。そろそろ教えてくれてもいいと思うんだけど」

「教えてもいいけど、こっちが教えてもらわなきゃいけないことが、いろいろあるんじゃなかったっけ？」

「教えることなんてなーんにもないよ。あっちが厨房。こっちがトイレ。あとマスターが滝川くんを狙ってるから気をつけて」

「ええ⁉」

「わかるでしょ、見てれば」

話の内容には気になる点があったけど、気兼ねしない会話に、心が緩やかにほどけていった。いい子なんだろうな、と思う。透は東京にやってきてから、初めて人とまともな会話をした気がした。

「ねえ。来週末って何してる？」

バイトを始めて一週間が経ったとき、彼女に訊かれた。

「特に予定はないけど」

「じゃあ、一緒にどっか行こうよ」

考えてみれば東京に来てから、どこにも遊びに行っていなかった。大学とアパートを往復する日々に、最近バーへの往復が加わった。それが今、また別の場所へと透を誘う。

「うん。行こうか。おれ浅草に行ってみたいんだけど」

「浅草⁉　浅草なの？」

「うん、東京といえば浅草でしょ」

「んー、まあいっか。楽しそう！」

開店までの一時間、透は彼女にシェーカーの振り方を教えた。彼女が透のことを透と呼び、透が彼女を愛麻と呼ぶようになるのに、それほど時間はかからなかった。

◇

愛麻は東京生まれということだったが、浅草に来るのは二度目らしく、二人ともおのぼりさん気分だった。

パナソニックが寄贈したという雷門の巨大な提灯《ちょうちん》を見上げ、写真を撮り、仲見世で人形焼きを食べる。外国人が喜びそうなニッポン的なお土産品に心を奪われ、あれこれ指さして笑う。煙を頭に浴び、本堂で手を合わせる。これだけ仲見世に商店が並び、観光客で溢れかえっているのに、浅草寺《せんそうじ》がただの寺だというのが、透には可笑しかった。

そのまま花やしきというこぢんまりした遊園地へ行き、牧歌的なジェットコースターに乗った。愛麻はずっとはしゃいでおり、透の気持ちも高ぶった。いろんなことを話し、たくさん笑った。ひょっとしたらこの日、愛麻よりも透のほうが饒舌だったかもしれない。

夜、天ぷらの店に入って、天丼を食べた。透が地元の話をすると、愛麻は喜んでくれた。透が生け花教室で働いていた話には食いついていたけれど、生け花そのものについては、あまり興味がないようだった。

花の話をしながら、頭の隅で本山さんのことを思った。そのとき、今日はまだ本山さんのことを一度も考えていなかった、ということに気付いた。ずっと、朝起きて、一番最初に考えるのは本山さんのこと、という日々を過ごしてきた気がする。晩ごはんの時間まで考えなかったのは、東京に来てから初めてかもしれない。

「いつか行ってみたいな、透の地元に」

愛麻は無邪気に笑った。

この子に自分の地元を見せてあげたいな、と透は素直に思った。愛麻と話していると、閉じていた心が、浅草寺の香炉の煙のように空に拡散していく。本山さんと話しているときに感じる、心の震えのようなものはないけれど。

「それじゃあね、透」

「うん、またお店で」

楽しい一日が終わり、透は部屋に戻った。今日はありがとねー、おやすみー、と、愛麻にメールをして、布団に潜り込んだ。電気を消し、今日は楽しかったな、と思う。眠ろうとしたが、気分が高揚していて眠れなかった。

がばりと体を起こし、透は電気をつけた。部屋の隅に置いた花瓶を見つめる。もう六月もなかばを過ぎていた。本山さんとホームで別れて二ヶ月半が経った。

何も飾られないまま、花瓶はもう埃をかぶっている。もしかして、こんなふうに、本山さんのことを少しずつ忘れていくのだろうか……。彼女のことを忘れることなんてできない気がしていたけど、今日、愛麻と花の話をするときまで、透は本山さんのことを思いだされなかった。

それが正しいことなのかもしれない。届かないものをいつまでも待ち続けることは、きっとできない。

忘れていく。

拡散する煙がいつか〝無〟に変わるように。

そうやって人は、新たな環境に慣れ、新たな道を進んでいく。そうやって忘れることでしか、人は前に進むことができないのかもしれない。

そのことがとても正しいことにも、とてつもなく悲しいことにも思えた。忘れるべきだと思うことは、きっと一番忘れたくないことだ。それはきっと、一番忘れたくないと、願っていることだ。

あの夜のことを、透は思い返す。あのとき、あの瞬間の、自分のなかで弾けるように芽生えた情動を。

かつてリアルに思いだせた光景は、もうずいぶん淡い記憶になってしまった。透は必死にそれを思いだそうとする。忘れたくて、忘れたくなくて、取り戻したい記憶を、必死に思いだそうとする。

彼女のことを欲しいと思った。抱きしめても、抱きしめても、足りない気がした。唇が触れたとき、痺れるようだった。本山さんのことが好きだった。本山さんのことを欲しいと思った。

透はその夜、眠ることができなかった。

3、夏

八月初めの街を、完全日焼け止めスタイルで歩く。

〝勝負の夏〟という文字が躍る予備校からしばし抜けだし、みのりは二週間ぶりに花に触れようと、教室にやってきた。

花材を持ち上げて角度を変え、一本ずつ吟味する。蕨手《わらびで》のハサミを握り、水盤のなかで茎をカットする。ひんやりと冷たい水に触れると、清《すが》しい気持ちになれる。

凛とした花をいけたかった。世界に対して咲き誇るのでも控えめすぎるのでもなく、ただそこに在るのが尊くて、感謝したくなるような花。背筋を伸ばした一本の主花が、柔らかに前を見つめる。あれが欲しい、もっと飾ろう、と足すのではなく、引き算で花をいける。

「みのり先輩、ちょっと作風、変わりました?」

花をあれこれいじっていると、横から亜也華ちゃんに声をかけられた。

「そうかも。でもうまくいかないんだよね……」

「前より大人な感じですね。こういうのも素敵です」

亜也華ちゃんは褒めてくれたけど、みのりにはわかっていた。凜として前を向く花をいけたいのに、この花には何かが足りない。何かが足りないことを、必死で隠そうとしているような花だ。

そう思ったらますますそう思えてきて、みのりの手は止まってしまった。

失ったのではなくて、握りしめる前に手放してしまったものが、深い諦念となってみのりのなかに居すわっていた。はためにはわからないだろうし、もしかしたら自分でもわかっていないのかもしれない。みのりは自分のいけた花に、思い知らされたような気分になる。

センセイと最後にメールをやりとりしたのは、もう二ヶ月くらい前のことだ。バイトが決まったというメールが突然届いたとき、また気持ちが溢れだしそうになった。だけどその気持ちから逃げるように、当たり障りのない文面の返事を書いた。自分の気持ちから逃げるように、送信ボタンを押した。

それきり途切れたメールに、これでよかったんだ、と思った。この期に及んで期待してしまう自分の気持ちに、封をしようとした。連絡がないことに安心しようとした。

日常をやり過ごしてきた。センセイのいない街で過ごす日々は、みのりがずっと過ごしてきた日常のはずだ。これが本当のことで、センセイとの間で起こったことのほうが幻なのだ。

だけどときどきわからなくなった。センセイとの間で起こった、強い感情を含んだ時間。それはほんのひとときのことだったけれど、あれこそがリアルで、今の日々が仮初《かりそめ》のような気もする。

日常は淡々と進むけれど、何も起こらないわけではなかった。みのりは三日前、上司の唐沢さんに驚くことを言われた。


「本山さん、ちょっといい？」

そのときみのりは大量の文字校正に追われていた。何かミスでもしたのかと、訝《いぶか》りながら会議室に入ったのだが、全然そんな話ではなかった。

「あなたにその気があるならだけど、正社員としてやってみない？」

広報室で働く者の多くは契約社員で、みのりもその一人だ。正社員にならないかというのは、それだけならありがたい話だ。

美術系の専門学校を出てから、イラストを描いたり、デザインをしたりという仕事をしてきた。その後、転職をして、ここでデザインをメインに仕事するようになり、今は指示されるままに、どんな業務もこなすようになった。ここで一生仕事を続けるようなイメージはなかったけれど、三年の契約を、何の問題もなく更新してきた。

「これは正式なオファーじゃないから、まだ胸に留めておいてほしいんだけど」

真面目な顔で前置きする唐沢さんに、みのりは緊張しながらうなずいた。

「来年の春に新しい機関誌を立ち上げるんだけど、編集長をやってみない？　高校生向けだから、本山さんのセンスを活かして、ポップでカラフルな誌面にしてほしいの」

「……編集長ですか」

考えたこともなかった提案に、みのりは曖昧に首を傾げた。今の仕事も続けつつ、一人か二人の編集部員とともに、新しい機関誌を一から作るということらしい。

「本山さんなら、できると思うの。校了前のあなたって、別人みたいだし」

唐沢さんによると、仕事に入れ込んでいるときのみのりは別人のようらしい。手元の作業に集中しながらも、周囲の声にも淡々と対処している。その対処が的確で核心をついているのだという。

「……でも、編集長っていうと、他にもっと適任の方が」

みのりよりも経験豊富な人もいたし、副編集長の経験者や、正社員として長く働いている人もいる。

「そうかもしれないけど、わたしはあなたにやってほしいの」

唐沢さんは微笑みながらみのりを見つめた。厳しくも優しく、この人はいつもこんなふうに、みのりを導いてくれる。

信頼できる上司だった。編集長である唐沢さんが指針を示してくれるから、みのりはデザインや企画構成に集中することができる。でもだからこそ、自分に唐沢さんと同じことができるとは思えない……。

正社員になって、編集長の仕事ができたら、もっと大人として成長できるのだろう。収入も増えるだろうし、仕事にやりがいも持てる。だけど今の自分はきっと、そのことを望んでいない。だったらやるべきではないのかもしれない。

「今は無理だと思います。自信がないです」

と、みのりは答えた。

「そう」

唐沢さんは微笑みを崩さなかった。

「気持ちはわかったけど、でも、もう少しだけ考えてみて。まだ返事はいいから」

「……はい。ちゃんと考えてみます」

会議室を出る唐沢さんの後に続いて、みのりはデスクに戻った。

考えてみます、とは言ったものの、自分はそれを選ばないとわかっていた。自分はこのままでいい。それを選ぶなら、忙しくなることはもちろん、責任も負わなければならないし、何より腹をくくらなければならない。

「なるほど、夏らしく涼しげな花ですね」

みのりのいけた花を、篠山先生が直してくれた。何かが足りなかった花は、次第に凜と背筋を伸ばした花に形を変えていく。その様子をみのりは見つめる。

いつか自分もこんな花をいけられるようになるのだろうか。そのとき自分は、どんな気持ちになるのだろうか……。

◇◇◇◇◇

新幹線は何もなかった透の日々を、吹き飛ばすように進む。

車窓を流れる景色はきれいだけれど、反射する夏の日射しが眩しかった。ロールスクリーンを下ろした透は、シートに深くもたれかかる。海沿いを走る新幹線は、猛スピードで東京から離れていく。

大学が夏休みになってからは、アルバイトをするだけの日々だった。仲間や常連さんに囲まれてバーテンをしている間は何も考えなくて済むけれど、透の生活は、ずっと停滞したままだ。

自分は何のために、ここまでやってきたのだろう。覚悟をして、長い準備をして、親に寂しい思いをさせて、それで今、自分は何をしているんだろう。今いる場所に溶け込もうとせず、かといって新しい道を探すわけでもない。遊びほうける同級生も、地道に努力する同級生も、透には眩しく見える。

何もかも中途半端なのかもしれない。目標も、覚悟も、今もまだ本山さんのことを考えてしまうのも、何もかも中途半端だ。

アルバイトが続いているうちはよかったけれど、バーがお盆休みを兼ねて、八日間の夏期休業に入った。これから海外に旅行するという店長と一緒に、扉に休業の張り紙をつけた。明るく笑う愛麻や店長と別れ、透は一人の部屋に戻る。

夏になったら帰省するつもりでいたけれど、今やそんな気にはなれなかった。母親や祖父の顔を見たかったけれど、今の自分の顔を見せたくなかった。それぞれの道に進んだ、かつての同級生たちとも会いたくはない。本山さんとは会えないだろうし、会えたとしても、どんな顔をして会っていいのかまるでわからない。

二日間、音楽を聴いたり、動画を観たりして時間を過ごした。夜、音楽を聴きながら、自分で作ったカクテルを飲んだ。ときどき、愛麻とメッセージをやりとりした。

長い夏の夜、一体、何をやっているんだろう、と、自分を責めるような気分になった。カクテルはもう飽きてしまい、ジンをストレートで飲んだ。本山さんは今頃何をしているんだろう。もしかしたら今頃、恋人でも作ってうまくやっているのだろうか。

彼女に触れたいと、急に狂おしく思った。のたうち回りたくなる気分のまま、ジンを飲み続けた。つけっぱなしのヘッドホンからロバート・プラントの絶叫が聞こえる。「移民の歌」がみぞおちの深いところに突きささる。

彼女のせいだ、と、突然うらみがましい気分になった。彼女が自分を受け入れてくれず、そのせいで自分は何もかもを見失ってしまった。彼女のせいで自分は春からどこにも行けず、中途半端なままだ。こんなはずじゃなかったし、自分は本来、こんな人間ではなかった。

酔いにまかせるように眠り、翌日の昼に起きだした透は驚愕した。

そんなふうに自分を憐れんだことに。彼女のせいにして、一人の夜をやり過ごそうとしたことに。そんなふうに彼女のことを考えてしまったことに――。

バーの夏期休業は、まだ六日間残っていた。透は突然、帰省することを決めた。目的のない帰省だったけれど、ここにいるよりはましだった。ここにいたら、どんどん自分が堕ちていく気がした。

本山さんと別れた春の日以来の新幹線だった。新横浜を過ぎてからは、時間の感覚がなかった。

時速二百七十キロで進むのぞみ号は近付いていく。あの日、ぐんぐん小さくなっていったホームに、近付いていく。

◇

「帰ってくるのはいいけど、もっと早く連絡くれないと」

母親には何度も文句を言われたけど、久しぶりの実家は居心地がよかった。ここにはまだ自分の居場所がほんのりと残っていて、ちょっとしたことが体に馴染むと感じる。母親と話し、ごはんを食べ、テレビを観たりしているうちに、あっという間に三日間が過ぎていった。透自身の状況は何も変わらないけど、ずいぶんリラックスできた気がした。祖父が一度遊びに来てくれて、花の道具をくれた。

四日目の午前中、突然、愛麻からメッセージがあった。

——今からそっちに行っていい？

——は？　何で？

——大阪のトモダチに会いに行くんだけど、途中下車する。

——いつ？

——今から電車乗るから多分、二時間後くらい。一緒にお昼ごはん、食べようよ。

——まじで？

——うん。みそカツか、みそ煮込みか、みそチャーハンがいい。

——みそチャーハンって何だよ！

——新幹線に乗ったらまた連絡するから。よろしく！

特に用事もなかったし、断る理由もなかった。その後、何度かメッセージを交換し、透は急遽《きゅうきょ》、彼女を新幹線の駅まで迎えに行くことになった。時計をにらみながら服を着替え、そのまま家を出る。

愛麻の行動力には、呆れながらも感心してしまった。彼女は以前、名古屋に行ってみたいと言っていたけど、それにしても突然すぎだ。夏休みに大阪に行くとは聞いていたけど、途中下車するなんてもちろん聞いていない。というより愛麻はそのことを、今朝、電車に乗る直前に決めたという。

だけど実家に帰ってきてから初めてできた用事に、透の気分は思いもよらず高ぶっていた。地下鉄に揺られながら、透はスマートフォンをいじった。気付けば透は愛麻とは関係ない、その文面を作っていた。

――本山さん、お久しぶりです。今、実家に帰省しています。

画面を見つめながら、名駅《めいえき》の太閤通口に向かった。改札から出てくるであろう愛麻を待ちながら、透は送信ボタンを押した。本当は実家に帰ってきてから、何度も送ろうとしたメールだった。

透が知っていたのは、彼女の名刺から書き写した会社のメールアドレスだから、すぐには見てもらえないかもしれない。旅行中とかだったら、透がこちらにいる間に見てもらえないだろう。でも外出先でも見られるように設定しているかもしれない。

愛麻の到着を待ちながら、透はスマートフォンをポケットにしまった。

◇

山本屋本店の味噌煮込うどんは、透もかなり久しぶりだった。芯が少し残った硬いうどんに、味噌が染み込んでいる。土鍋でぐつぐつ煮込まれたうどんが、意外と夏の昼に合う。なにこれヤバい、などと騒ぎながら、愛麻も喜んでいた。漬け物とご飯がついていることにもウケていたし、それがお代わり無料なことにもウケている。

店を出た二人は、喫茶店で時間を過ごした。アイスコーヒーを頼んだ愛麻は、店員さんにフレッシュはご利用になられますか？　と問われ、目を泳がせていた。そのあと透に、ねえ、フレッシュって何？　フレッシュって何？　と八回くらい訊いた。

「いやー、すっかりフレッシュな気分になったよー」

喫茶店を出た愛麻は爽やかに笑った。透も愉快な気分になりながら、メールを確認した。本山さんからの返事はまだない。

このまま大阪に向かうという愛麻と話をしながら、また太閤通口に向かった。駅の構内に入ったそのとき、斜め前から歩いてきた女性と目が合った。

気付いたのはほとんど同時だったと思う。透と愛麻を見て驚いた表情をしたその人は、すぐに感じよく会釈をした。透も会釈を返したのだが、相手の目に入ったかどうかはわからない。というより、自分が会釈を返したかどうかも、よくわからない。

昼時の混雑にまぎれるように、その瞬間は過ぎ去ってしまった。驚きのあまり何も考えられないまま、透は呆然と歩く。いつの間にか、目の前に改札があった。

「どうしたの？　透」

振り返った愛麻の目に映る透の表情は、こわばっていたかもしれない。

「ねえ、さっきの人、誰？」

少しずつ目の前の愛麻に焦点が合っていった。……さっきの人？　自分は今、愛麻に、さっきの人が誰かと訊かれている。

「……生け花教室の、生徒さん」

「へえー。ねえ、あの人と何かあったんでしょ？」

「……いや」

どうしてなんだろう、と透は思う。こんなタイミングで本山さんと会うなんて、どういう偶然なのだろう。彼女は仕事で外出中、という感じだったけれど……。

「でもさすがだね。向こうは顔色一つ変えてないもん」

「……いや、だから、何もないって」

「ふーん、まあいいけど」

愛麻の勘が鋭すぎるのか、それとも自分の挙動があからさまに不審なのか、どちらなのかはわからない。

「透、ありがとね。大阪のおみやげ、買ってくるから。またお店でね」

「ああ」

透の肩をぽん、と叩いた愛麻は、サンダルの音を鳴らしながら、改札の向こう側へ消えていった。

◇

あのとき本山さんのことを追いかけて、話をすればよかった。

でも追いかけたとして、何を言えばいいのだろう。愛麻のことを東京でできた友だちだと紹介して、それから何を言えばいいのだろう。自分は彼女に何を言えるのだろう。

せめて愛麻がいなかったら、追いかけることができたかもしれない。愛麻とは何でもないはずなのに、あのときとっさに動けなかった。愛麻と一緒に歩いていることを、後ろめたいと思ったのだろうか。それとも立派な社会人である彼女に対して、何もかも中途半端な自分を、恥じる気持ちがあったのだろうか。

あのとき、すれ違いざまに会釈をして、それで決定的に終わってしまった気がした。もともと終わっていたのかもしれないけど、決定的に終わってしまった。

透に残された二日間は、静かに過ぎていく。もしかしたら本山さんからメールの返事が来るかもしれないと思ったが、来なかった。水曜の最終の新幹線の切符を取ってあったのだが、今はもう火曜日の夜だ。

このまま東京に戻ったら、と思うと、いてもたってもいられなかった。でもどうすることもできない。このまま東京に戻ったなら、自分はまた一歩も進めない毎日を送ってしまう気がする。自分の気持ちに区切りをつけられない気がする。

眠れないまま、またメールを書いた。


——明日、最終の新幹線で東京に戻ります。少しだけでもいいので、本山さんに会いたいです。駅前の公園の噴水前で待ってます。本山さんが来てくれても来られなくても、十一時からいるようにします。お昼でも夜でもいいので、少しだけ時間をください。こんなメールは失礼だとわかってます。でもそうせずにはいられなくて、ごめんなさい。

みっともないし、情けなかった。こんなメールは送ってはいけないと思ったけど、送信ボタンを押してしまった。

春に本山さんの部屋に押しかけたとき、もうそんなことはすまいと誓った。そう思って、噴水前で待つと決めたのだけど、実際にはそのときと同じことをしている。

◇

荷物をまとめて、最寄りの駅に向かった。駅前に小さな公園があって、そこに噴水がある。十一時に着くように家を出たのだが、本山さんが待ってくれているような気になって急いでしまう。だけど人のまばらな公園には、当たり前のように彼女はいない。

東京行きの最終まで、あと十一時間だった。もし十時間待ったとしても、最後に一時間話せたら、それでよかった。もしすぐに来てくれたら、ランチに行って話そう。お昼過ぎに来てくれたら、お茶をして話そう。東京での生活。本山さんのことを考えてしまうこと。これから自分がどうしたいかということ。

三十分くらい待つのは何でもなかった。だけど一時間経っても本山さんは来なかった。スマートフォンを確認したが、メールもない。噴水前で家族連れが遊んでいる。日陰に座り込んだ透の前で、噴水が時報のように水を噴き上げる。噴水は一時間に一度、水を噴き上げるようだ。

自分の書いたメールを何度も読み返した。失礼で一方的なメールだな、と思う。初めて恋をした中学生が、駄々をこねているような内容だ。花の心、もてなす心、対象や人への愛や優しさを学び、その奥深さを知ろうとしていた自分は一体、何をやっているのだろう。

また噴水が噴き上がった。

彼女はやはり来てくれない、と、心のどこかではわかっていた。彼女はもともと自分を受け入れてはくれなかった。そのことを自分にちゃんとわからせるために、あんなメールをして、今こうして待っているのだ。

それでも期待している自分の気持ちや甘えが、怒りに似た気持ちに変化して、胸の奥に嫌な感情がたまる。そんな自分を醜いと思う。こんなメールを受け取ったら、彼女だって気が重いだろう。ひとりよがりの自分は弱く、醜く、優しくない。

真夏の青すぎる空を透はにらんだ。飛行機雲が一筋、空に糸を引いている。

年上の生徒さんたちの花を指導し、バーにやってくる自分よりも年上のお客さんたちの相手をし、同世代の友人たちにも大人っぽいと言われる。だけどどうしようもなく、自分は幼い。どうにもならないことに惑い、思いのままにならないことを他者のせいにする。思いやりのない、身勝手で未完成な人間だ。

また水が高くあがった。

強い意志を持った人間になりたかった。欲しがるのではなく、いとおしみ、赦し、受け入れられる人間になりたい。優しくなりたい。

時間の経過とともに、風向きが変わった。もうメールを確認することもない透の頭上で、日が傾いていく。

本山さんのことを思おうとしても、うまく頭が働かなかった。あのとき触れ合った彼女の感触はもう、幻のようにうっすらとしている。あのとき奇跡みたいに心が通じ合ったと感じたことを、今はうまく思いだせない。もう一度抱きしめたい。もう一度触れて、もう一度確かめたい。もう二度と失いたくない。あきらめたくない。苦しい。わからない。あきらめたくない。忘れてしまいたい。忘れたくない。

また噴水が水を噴き上げた。

このまま化石になってしまいたかった。あきらめるべきだとわかっている。頭がぼーっとする。心が通じ合うなんてことは、簡単には起こらない。ままならないことや寂しさを抱えながら、人は生きていくものだ。

あんなにも燃えたぎっていた太陽が今はもう姿を隠し、空は橙色のグラデーションに染まっていた。地面に伸びる薄い影を踏みながら、透は噴水に歩み寄る。

彼女が来ないことを、透はもう理解していた。メールの返事もないし、あるいは彼女はまだメールを見てさえいないかもしれない。自分はそろそろ、受け入れなければならない。

二日前、名駅ですれ違ったとき、完全に終わってしまった気がしたけれど、本当は三月の終わりに新幹線のホームで別れたときに終わっていた。いや、そうではなくて、もしかしたらあの朝に終わっていたのかもしれない。鍵をポストに入れた瞬間、終えなきゃいけないことだったのかもしれない。

透は荷物を置いたまま、先に見える商店街に向かって歩きだした。彼女を待ち続けたこの時間は、自分にとって必要なものだったのかもしれない。情けないことをした。彼女の気持ちにも負担をかけただろうし、申し訳ないことをしてしまった。

商店街のなかにある生花店はまだ開いていた。どうしてそんなことをしているのか自分でも理解できないまま、売れ残りの花を適当に買い、吸水性のフォームとアルミホイルを少しわけてもらう。

ライトアップされた噴水が、水を高く噴き上げた。

噴水の前へと戻った透は、祖父にもらったハサミを荷物から取りだす。花を噴水のへりに置き、花器の代わりに、吸水性のフォームをアルミホイルで囲うようにする。

久しぶりだった。

自分は今、こんなところで、花をいけようとしている。何でこんなことをしているのかわからなくて、少し可笑しくなった。花の香りを嗅ぎ、枝を落とす。一度目を閉じて、呼吸をし、花と向き合ってみる。

通り過ぎる人が、ちら、とこちらを見た。噴水の前で、一人の男が花をいけている。何かのパフォーマンスをしていると思ったのか、足を止めて見ている人もいる。

さよなら、の意味を込めて、花をいけるのかもしれない。自分は、本山みのりさんとの別れに、この花を手向けている。というよりこれは、置き去りにしなければならない、自分の気持ちへの鎮魂なのかもしれない。

体も精神も疲れ切っていたけれど、どこか研ぎ澄まされた心境だった。無心で花に向き合う透は、やがて気付いていく。小さな声が聞こえる。深いところからその声だけが聞こえる。無心で花に向き合えば、やっぱりそれは自分の声に耳を澄ますことだ。自分の奥にある気持ちが形を成していく。余計なものを削《そ》いでいって、一つだけ残るもの。自分が一番大切にしたくて、どうしても消えてはくれないもの。透は夢中で花に触れ続ける。

あの人のことが好きだ。

自分はやっぱりあの人のことが好きで、どうしようもなく惹かれている。そのことの美しさだけを取りだした花をいけたい。伝えたいとか、残したいとか、届けたいとかそういうことではない。この花をいけたくて、いけざるを得ない。五万年前の人類が、初めて花をいけたときのような、祈りのような気持ち。

夕日は落ち、花の色はもうよくわからなかった。シルエットのような単色の花の、バランスを直し、全体を整える。思いを結晶にしたような造形が、噴水のライトに照らしだされる。寂しくも、凜として、ここに在ろうとする。削いでいくと残るもの。ずっと見つめていたいもの。できることならばずっと、透明な優しさで祝福していたいもの——。

ゆっくりと完成していく。透はそのとき、花をいけていたのではなく、ただ祈っていただけなのかもしれない。

センセイ——。

立ち上がったとき、その声が聞こえた気がした。

◇◇◇◇◇

本当は、ずっと前から見ていた。

公園の噴水前で待っている、というセンセイからのメールを夜中に受け取った。それから眠ることもできなかったし、返事をすることもできなかった。行こうかどうしようかと迷っていたわけではない。お盆の休日、たまった洗濯や掃除をしようと思っていた一日を、どうやって過ごせばいいのだろう。センセイが待っていると知りながら、自分はどうやって時間をやり過ごせばいいのだろう。

家事を終えてしまったみのりは、時計を見るたびに緊張した。センセイから知らされた十一時は近づき、胸が苦しくなるのに耐え続ける。その時刻を過ぎてからは、十分おきくらいに部屋を飛びでてしまいたい衝動に苛《さいな》まれた。

駅の近くにある公園は、部屋からそんなに離れているわけではなかった。センセイはどんな気持ちで待っているのだろう。最終の新幹線に乗るということだったけれど、一体、どれくらいの時間、待ち続けるつもりだろう。

十二時を過ぎ、家にある本を手に取ったが、全く頭に入ってこなかった。十三時を過ぎ、みのりはたまらなくなってアパートを出た。公園に行こうとしたわけではなく、じっとしていることに耐えられなかった。どこか遠くに行ってしまいたかった。

日射しは強く、空は青かった。飛行機雲が一筋、空に伸びている。

駅とは反対方向に歩いていたのだが、ふらふらと部屋の前まで戻ってきてしまった。部屋を通り過ぎ、センセイと花を見た橋まで歩いて足を止める。あの日に見た花は、もう咲いていない。あの日、二人で歩いた道が、センセイの待っているかもしれない公園へと続いている。

どうしてここに来てしまったのだろう。

我に返ったみのりは踵を返した。来たときよりも早い足取りで部屋に戻り、玄関でしばらく立ち尽くした。弾んだ息が次第に整ってくる。どうしてだろう……。どうして自分はこんなところで立ち尽くしているんだろう。

結局、靴を脱ぐこともなく、みのりはまた玄関を出た。

遠くから確かめてみよう……。それで公園にセンセイがいなかったら、間に合わなかったとあきらめることができる。三時間以上経っているわけだし、センセイだってもういないに違いない。きっとセンセイはもういない。いないから自分は、そこに向かっても大丈夫だ。

駅前の公園をそっと覗いてみたとき、噴水が水しぶきをあげた。ちょうど十五時ということだろうか。センセイはもういないと確認したかった。でも、いるに違いないと、どこかでわかっていた。

噴水の脇に誰かの立ち姿が見えた。

遠くにいるのに、それがセンセイだとわかった。ここからでは表情なんてわからないのに、まっすぐな横顔を見たような気になる。センセイはきっと背筋を伸ばし、まっすぐに未来を見つめている。

泣きたくなるような気分で、みのりは公園の脇を通り過ぎた。センセイの元に行くことなんてできないし、かといって部屋に戻ることもできない。みのりは彼のまっすぐさから、逃げることしかできない。もう何ヶ月もの間、みのりは逃げ続けている。

地下鉄の改札を抜け、目の前にやってきた電車に乗った。通勤と同じルートで名駅に向かい、人波に運ばれるようにふらふらと歩く。遠くへ行きたかった。あてもなくＪＲのホームに立つ。遠くへ――。

目の前にやってきた電車に、みのりは乗り込んだ。空いた列車の窓際の席に座り、スカートの裾を握り、流れる車窓を見つめる。同じリズムの振動が、みのりを少しだけ落ち着かせる。快速列車は一つ目の駅を飛ばして、走り続ける。

センセイはいつまで待つつもりなのだろう……。

センセイから届いたメールに、昨夜、みのりは掻き乱された。一方的にメールを送ってきて一方的に待ち続けるなんてのは、卑怯だと思う。待たせるほうだって罪の意識を感じることが、若いセンセイにはわからないのかもしれない。だけど今まで、ちゃんとメールを返さなかった自分も卑怯だ。

二日前、駅でセンセイとすれ違った。センセイも一緒にいた女の子も楽しそうだった。実際に楽しかったのかどうかはわからないけれど、楽しそうに見えるというのは尊いことだ。あの可愛らしい女の子がセンセイのことを好きなように見えたけど、そうでなかったとしても、そんなふうに見えるのはとても尊い。

センセイはきっとこれから、ああいう子と恋愛したりするのだろう。若い二人はうまくいくかもしれないし、うまくいかないのかもしれない。一緒に歩き、ケンカをし、仲直りをし、間違え、乗り越える。それでもやっぱり壁にぶつかって、お互い別々の道を歩きだすことになるかもしれない。

でもそれでいいのだ。そうやって日々を積み重ねていく。そのときには明日なんてないように思えても、必ず明日は来る。若いというのは、そういうことだ。

減速した快速列車がやがて停車した。降りる人も乗る人もほとんどいない。再び流れ始めた車窓を、みのりはじっと見つめる。

人家やビルはずいぶん減っていた。平らに広がった街や田畑の向こうに、山の連なりが見える。がたたん、と音が変わり、列車は木曽川を渡る。

四月からずっと胸に穴があいたような生活だった。センセイからのメールが途絶え、気持ちも次第に落ち着き始めた頃、時間をやり過ごすのに苦労するようになった。野の花の写真を撮ってみた。花の表情や、花の魂を、無心で撮ろうとした。

だけど撮った写真を見てみると、どれも哀しそうで寂しそうだ。そんなつもりはないのに、どうしてだろう……。みのりはやがて写真を撮らなくなった。

たまたまネットのニュースで男性の初婚平均年齢が書かれた記事を見た。センセイがその年のとき自分は何歳になるのか計算しそうになって、そんなの計算するまでもなく嫌になった。どうしてそんなことを今さら考えてしまうのだろうと、みのりはしばらく落ち込んだ。

気持ちを整えようと、用もないのに夜中の街を歩いた。早足で歩き、汗をかくと、自分を保てる気がした。それから深夜の散歩が日課になった。週末には生け花教室にも行った。花に触れるとよみがえりそうになる気持ちを抑え、造形のことだけを考えようとする。でも自分が何を表現したいのか、わからなかった。

がたたん、と音が変わり、電車は長良川を渡る。違う県にまで来てしまった。快速運転を終えた列車は、一つ二つの駅に止まり、また進む。

センセイは、まだあそこにいるのだろうか。さすがにもう、あきらめて去っただろうか……。まっすぐで寂しそうな立ち姿で、彼は傷つき続けるのだ。向き合わず逃げだした自分を、待ち続けるセンセイが可哀想だった。来ないものを一人で待ちながら傷つき続けるなんていうのは、とてつもなく理不尽で、可哀想なことだ。

でも、それももう今日で終わる、と、みのりは何度も心に言いきかせた。今日をやり過ごせば、センセイももう、待ったりすることはなくなるだろう。

電車はゆっくりと揖斐《いび》川の鉄橋を渡った。快速列車の終点が近付いてくる。

電車を降りたみのりは、駅をでた。アクアウォークというところで時間をつぶし、それから街を歩いた。いつしか日は暮れ、カラスの鳴き声が聞こえてくる。

どうしてこんなところを歩いているのだろう……。

自分がどこを歩いているのか、わからなかった。どこだかわからない場所で、自分は、センセイが傷つきませんように、などとムシのいいことを願っている。泣きたくなるほど情けない自分の存在を、このまま夜の闇にまぎれさせるように消してしまいたい。このまま消えてしまいたい。

ふらふらと駅に戻ったみのりは、ホームに止まっていた電車に乗った。

電車はやがて来たときとは逆の方向に動きだした。街の灯りが優しく、みのりの胸を通り過ぎていく。流れる光に泣きたい気分を後押しされ、みのりは慌てて車窓から目を逸らす。シートにもたれたみのりは、固く目を閉じた。

乗客のまばらな電車のなかで、騒ぐ子どもの声が聞こえた。列車はゆっくりと鉄橋を渡る。心地好い振動が、泣きたい気持ちを丸ごと包んでいく。このままた、終点まで行ってしまおうか、と、みのりはぼんやり考える。

泣くのは違う、と、ずっと思っていた。これから何年か経ち、あのときのことを思いだして泣くことが、もしかしたらあるのかもしれない。でも今は、自分は泣くべきじゃない。

みのりは目を閉じ続けた。がたごとと揺れる列車が、また鉄橋を渡る。昨晩眠っていなかったのと今日の疲労が重なって、みのりは次第にまどろんでいく。がたたん、と音が聞こえる。やがて一瞬の深い眠りに、みのりは落ちる。

周りの乗客が立ち上がった気配で、みのりは目を覚ました。

アナウンスが名古屋に着いたことを知らせている。扉が開くのと同時に、みのりは弾かれたように立ち上がった。

終点まで行こうとぼんやり考えていたのだが、名駅で降りてしまった。どうしようかと迷ったが、そのまま地下鉄に乗り換えることにした。

地下鉄に揺られながらケータイを確認した。連絡は何も入っていない。降りる駅が近付いてくると、また緊張してきた。もういないとは思うけど、もしまだセンセイが噴水の前で待っていたらどうしよう……。

地上に出たとき、もう公園を覗くのはやめよう、とみのりは心に誓った。部屋に戻って時間をやり過ごそう。部屋に戻れば、全部終わる。部屋に戻って、ごめんなさい、行けませんでした、とメールして全てを終わらせよう。

公園を避けて歩きだしたみのりの足は、驚きのあまり止まった。

センセイ――。

信じられなかった。公園を避けて部屋に戻ろうとするみのりの十数メートル先を、センセイが通り過ぎていく。みのりは硬直しながら、その行く先を見つめる。何かを抱えたセンセイが、公園のほうに向かって歩いていく。

花……。

センセイは噴水のへりに花を置いた。その脇で何かの準備を始めたようだ。

膝を立て、花に手を伸ばすセンセイを、みのりは見つめた。センセイは花をいけている。

どうしてセンセイは、こんなところで花をいけているのだろう。

彼がどんな気持ちでいけているのか、みのりには計り知れなかった。七色に彩られた水のしぶきが舞い上がる。斜め後ろからその姿を見守り、何度もその場を立ち去ろうとしたけど、足が動かなかった。

彼の手元で花が形創られていく。何が始まったのかと、待ち合わせの人々が、彼の手元を覗き込む。周りには目もくれずに、彼は一心不乱に、花に向き合っている。

どれくらい時間が経ったのかはわからなかった。センセイの手元に、小さな花のシルエットが見えた。ときどき角度を変えながら、センセイは花を直している。花は今、完成へと向かっている。

ゆっくりと近付いていった。花の形や色が、一歩ごとみのりに迫る。花は何かを守るように、また、それ自体が守られるべき大切な存在のように、水辺に咲く。

彼の手がまた花に触れた。伝わってくる。彼が大切にしたいもの。今、彼の掌《て》のなかにあるもの――。それがみのりの心の奥底にあるものと、溶け合っていく。

彼の手が、そっと花から遠ざかった。不意に立ち上がったセンセイが花を見つめる。その後ろから、みのりも花を見つめる。

たとえるなら、優しい歌。イノセンス。きれいな祈り。静謐。湖に降り続ける白い雪。喜びや寂しさになる前の、美しいものが大好きな、人間の魂の原型のようなもの――。

浮かんだ言葉が夏の夜の熱気に呑み込まれ、みのりのなかで混濁した。ライトアップされた噴水が音をたてると、花を中心とした世界が変容していく。

ずっと、ずっと、我慢していた涙が溢れだした。みのりが見つめる世界が、静かに滲《にじ》み、輪郭を失っていく。

乱されたくない、と思っていた。乱すほうにはわからないことなのかもしれない。でも、わたしは乱されたくない。もう二度と、乱されたくはない。例えばこんなふうに、どうしていいのかわからない気持ちで、泣いたりしたくない。途方に暮れて、泣き崩れたくない。だけど涙は洗い流していく。泣いたっていいじゃないか。途方に暮れて、混乱しても、涙はやがて洗い流していく。自分は何を一体、怖れていたのだろう。自分がずっと守ろうとしてきたものは何だったのだろう。大切なものを守ろうとして、でもそれは本当に大切なものなのだろうか……。

大切なものは、自分のなかだけにあるわけじゃない。

出会い、感じ、育み、そのことで大切なものは変容する。もともと自分のなかにあるものなんて、本当は、そんなにたいしたものではないかもしれない。

だって花に触れて、花に向き合わなければ、どんな美しさも生まれないじゃないか。

センセイ――。

声をだそうとしたけれど、でなかった。

生け花は〝生の頂点を切り取った永遠〟だとみのりは思う。

でもそれは本当の永遠ではない。花そのものが残ることはないのに、でもその刹那に人は思いを込めて、美しい永遠を創りだそうとする。その美しさを、心のなかに残そうとする。

永遠を願う人が、刹那に願いを込めて、美しいものを創る。好きな人に対する思いも、本当はそれと同じことなのだ。

臆病な自分に、それができるのだろうか。乱されたくないと願うような自分の手は、その人に届くのだろうか。今ならまだ間に合うのだろうか……。

自分の魂は、こんなにも狂おしく、その美しさを求めている。手を伸ばせば届くのなら、そこにあるものを摑みたいと願っている。センセイ――。

涙を拭いたみのりはもう一歩先に進み、彼に辿り着こうとする。

やがて心の声が届いたみたいに、センセイがゆっくりとこちらを振り返った。

◇◇◇◇◇

透の焦点は、ゆっくりと目の前の人に合っていった。

「……本山さん、来てくれたんですね」

さっきまでここでずっと待っていたのが、遠い昔のことのように感じられた。花を完成させたことに興奮していたのもあって、喜びの感情が心の底から溢れてくる。

「ありがとうございます。嬉しいです」

本山さんは黙ったまま首を振った。

「あの、勝手なメールしてすみません。どうしても今日、会いたくて」

本山さんはまた首を振った。

「そうだ、時間が……」

透は慌てて時計を確認した。

「あと……一時間もないんですけど、でも会えてよかったです」

うん、うん、とうなずく本山さんが、泣きそうな表情をしていることに、初めて透は気付いた。そうではなくて、泣いた後なのかもしれない。

「あの、本山さん……」

「センセイ」

本山さんは初めて声をだした。その声は少し震えていた。

「花を見てもいいですか?」

「……ええ。もちろん」

一歩進んだ本山さんはその場にしゃがみ、花を真正面から見つめた。透も彼女と同じように花に目を向ける。透はまだ、この花をいけたことに高揚している。

半年ぶりくらいにいけた花だった。本山さんがいなければ、本山さんを待たなければ、この花ができることはなかった。こんなにも夢中で花をいけたことは、今までに一度だってなかった。

「きれい……」

と、本山さんがつぶやいた。

花を学ぶにつれ、透はその奥深さを思い知った。基礎はあるけれど、その先に正解やゴールはなく、あとは感覚やセンスの世界だと思っていた。自分の感覚やセンスを発揮し、そのことで他者に喜ばれたり評価してもらったりするのが、花の世界だと思っていた。でも、それだけではなかった。

さっき花を目の前にしたとき、何を目指しているのかわからなかった。いけているうちに、寂しさとか、焦りとか、執着とか、そういうことから離れていった。きれいに見せたいとか、うまくやりたいとか、認められたいとか、そういうことはまるで考えなかった。

彼女のことを奥深くで感じながら、祈るような気持ちで、透は花をいけた。夢中だった。表現することの根源的な喜びを、自分は初めて感じたのかもしれない。もしかしたら生まれて初めて、透は本当の花を紡ぎだすことができたのかもしれない。

「写真、撮ってもいいですか?」

「ええ、もちろん」

本山さんはケータイを取りだし、花の写真を撮った。

「センセイにも、後で送りますね」

「はい」

彼女はいろんな角度から、透の花を撮っている。噴き上がる七色の水のしぶきを背景に、一体どんな写真が撮れているのだろう。彼女はその光景に、何を感じているのだろう。

「センセイ、この花はばらしちゃうんですか？」

「ええ、そうですね。もうそろそろ行かないといけないですし」

「もったいないですね。こんなに素敵なのに……」

花は凜として強く、優しかった。

後にして思えば、こんな花になったことに驚いてしまう。何かを摑んで、何かを表現できた瞬間に、こんなにも尊い喜びがあることを、透は初めて知った。

「でも僕、この花のことはずっと覚えてます」

「はい。わたしも覚えてます」

本山さんが透を見上げて微笑んだ。彼女の笑顔を見たのはいつ以来なんだろう。

「花、もらっていいですか？」

「ええ。もらってください」

透はもう一度だけ花を見つめ、記憶に焼きつけようとした。そんなことをしても、やがて忘れてしまうことはわかっている。だけど自分はこの花のことを、永遠に覚えておきたい。

「それじゃあ……」

時間を確認した透は、思いきって花をばらしていった。花を生花店の包みにくるみ、辺りに散らばったゴミを片付ける。

「センセイ、ありがとうございます。じゃあ、この花、いただきますね」

花を抱えた本山さんが微笑んだ。

「新幹線の改札まで送ります」

「はい、ありがとうございます」

何だかとても嬉しかった。今日という一日が、ゆっくりと収束していく。それだけではない。四月からの日々が今、穏やかに収束していく。

荷物を抱え、二人は地下鉄の駅に向かった。春分の日以来だった。二人で並んで地下鉄に揺られる。乗客のまばらな車内で、本山さんは抱えた花に目を落としている。

一つ目の駅を過ぎ、二つ目の駅も過ぎた。あの日と同じように、二人はずっと無口なままだった。減速した電車が、幾つ目かの駅のホームに滑り込んでいく。

次は名駅だった。その新幹線の改札口で本山さんと別れ、自分は東京に向かわなければならない。

電車が走りだしたとき、透は口を開いた。焦りも欲もなく、平らかな気分だった。

「本山さん」

彼女の睫が少しだけあがった。

「あれからずっと……今日もずっと、考えてたんです。花をいけながらも。やっぱり僕は今、本山さんのことが好きなんだって」

「……はい。わたしもセンセイのことが好きです」

本山さんは花から目をあげた。

想像していなかった返事に、透は驚いてしまった。本山さんはまたじっと花に目を落とす。減速した電車が駅のホームに滑り込んでいく。花束を抱えた本山さんが、先に立ち上がった。

「今日の写真も送りますし、あとメールもいっぱいしますね、センセイ」

「……はい」

ホームをずんずんと進み、改札を抜ける本山さんに、透はキャリーバッグを引きながらついていく。

「わたし、引くほどメールしちゃうかも。返事が来ないと五分で十通くらい送っちゃいそう」

「……そうなんですか」

まっすぐ前を向いた本山さんは、地下街を進んだ。

「年末には帰ってきますよね？　センセイ」

「はい」

「そのときには、毎日会いましょう」

「うん。仕事がないときは普通に会えるし、仕事があっても夜には会えますしね」

「毎日？」

「……ええ。僕はいいですけど」

エスカレーターに先に乗った本山さんが、透を振り返った。

「失う前から失うことを怖れる。得てもいないのに、失うことを畏れる」

本山さんはにっこりと透に微笑みかけた。

「そういうのを、愚か者の得意なフットワーク、っていうんですよ」

「……え、どういうことですか」

「果歩がね、たまに歌ってるんです」

愚か者の得意なフットワーク♪　と、本山さんは聞いたことのない、ゴキゲンなメロディで歌った。

「あとそうだ！　わたしも東京に、しょっちゅう行きますね」

「そうなんですか？」

「はい、休みの日とかに。連絡します」

地上に出た二人は、太閤通口へと向かう。

「もしかしたら来月とか、今月中に行っちゃうかも。東京」

「ホントですか？」

思わず大きな声をだした透は足を止めた。そこはもう改札の目の前だった。

「うん、会いたくなったら、東京なんてすぐだし。わたし意外とフットワークが軽いし、社会人だから交通費なんてそんなに痛くないから。その代わり泊めてくださいね、センセイ」

「……はい」

まだあまりうまく考えの追いつかない透に、本山さんが右手を差しだした。

「それじゃあ、センセイ。気をつけて帰ってね」

二人は握手を交わした。本山さんの手は小さくて温かかった。

「……あの」

透は何かを言おうとしたのだが、最終列車の到着を知らせるアナウンスが聞こえた。

「ほら、センセイ、もう行かないと」

「……ええ」

感じよく微笑む本山さんにお辞儀をして、透は慌てて改札を抜けた。

「センセイ、また！」

本山さんの声に振り返った。またアナウンスが聞こえる。

階段を上る前に振り返ると、花束を抱えた本山さんが、ジャンプしながら手を振っていた。

◇◇◇◇◇

飛躍の夏、現役生と浪人生が入り乱れる夏期講習も、ようやく最後のターンを迎えていた。

八月の初めに、みのりは新しく発行する機関誌の編集長をやらないかと言われた。考えてみます、と言って返事を保留していたものの、自分はやらないだろう、とわかっていた。

それが命令なのだったら、できるのかもしれない。でも自分で選ぶとなると自信がなかった。責任が増えるということは、自分の時間も少なくなるし、精神的にも肉体的にも消耗するだろう。失敗したときのことも怖かった。

「それで、この前の話なんですけど」

席に着くなり、みのりは自分からその話を始めた。唐沢さんにランチに誘われ、二人で校舎近くのお店に入ったところだった。

「うん。あ、でも注文してからにしましょう」

「はい」

みのりはメニューに目を落とした。和風スープパスタか冷製パスタにするか迷ったけど、すぐにスープパスタに決めた。どうしようかな、と唐沢さんはまだメニューをにらんでいる。

「どうしようかな、んー」

でも、でも、と考えてばかりいる自分に慣れすぎていて、慣れたことも受け入れてしまっていた。だけどみのりだって本当は、このままでいたくはなかった。

何かを得ようとするとき、何かを失うのは当たり前のことだ。失うことを畏れ続けて、その先に何が残るというのだろう。逃げ続けることの先に、何を得ることができるのだろう。

「じゃあ……、冷製パスタ一つと、」

「和風スープパスタをお願いします」

注文を取り終えた店員が去っていくと、唐沢さんがみのりの目を見た。

「はい。それで?」

「あの、いたらないことも多いと思いますが、よかったらやらせてください。宜しくお願いします」

みのりは唐沢さんに頭を下げた。

「ほんとに!?　それはよかった!」

唐沢さんは嬉しそうに笑った。

「仕事は大変になると思うけど、大丈夫。本山さんならきっと乗り切れると思うよ」

「はい。頑張ります。ご指導宜しくお願いします」

「ええ、こちらこそ。頑張りましょう」

三日前、一人でスケートリンクに行った。前を向いて滑り続ければ、余計なものが削ぎ落とされ、いろんなことが吹っ切れていく気がした。

みのりは風を切って、氷上を滑った。センセイが見せてくれたものに、追いつこうとするように、みのりはリンクを何度も周回する。

身につきまとう嫌なものは、置いていこう。嫌なものを置き去りにして、前を向いて走ればいい。走り続けよう。

ずっと不安だった。でもこんなふうに汗をかいて風を切れば、そんなのはバカみたいだと感じる。ぐるぐると回る。わたしは自由で、好きなものを好きって言いたいし、愛したい。

年上だからとか年下だからとか、そんなことばかり考えていた。できない言い訳を探しだして、気にしてばかりいる。本当は知っている。仕事でも恋でも、できない理由のほうが、できる予感よりも強いし、説得力もある。だから〝できない理由〟に負けてしまう。でもこんなふうに風を切っていると、わかることがある。

そんなのは、愚か者の得意なフットワークだ。

ときどき花をいけて心をととのえ、写真を撮ろう。センセイにはメールをして、相談にのってあげたりしよう。ちょっとでも支えになれたら嬉しいじゃないか。会えるときには会いに行こう。会えたときには、二人でいられる喜びを爆発させよう。

好きな人の存在を、好きだと思える自分の存在も含めて大切にしたかった。世界に美しく存在するものに惹かれる気持ちを大切にしたい。それはもしかしたら、失うことを怖れない、ということかもしれない。傷つくことや失うことを畏れなければ、それだけで世界は色を変える。

揺らがない自分を、欲していた。向上しようとする自分を、本当はずっと欲していた。誰かを好きになって、そしたらやっぱりちょっとは依存してしまって、それでもちゃんと独り立ちできる自分を欲している。仕事だって一人前になりたい。

年下のセンセイに教わったことのすべてが、みのりのなかで鼓動に変わっていく。青い壁に囲まれた白い世界で、みのりはその日、体力が尽きるまでリンクを周回した。

「いやー、正直、断られるかと思ってたの。でも、よかった」

「すみません、ちゃんと決めるのに時間がかかっちゃって。精一杯やりますので、いろいろ教えてください」

「うん、それはもちろん」

やがて二人の前に頼んだパスタがでてきた。

「ともあれ食べましょう」

「はい！　美味しそうですね」

冷製パスタを口に運びながら、唐沢さんがみのりを見た。

「もうね、企画書とか資料とか作らなきゃいけなくて、わたしもいっぱいいっぱいなの。戻ったら資料渡すから。早速始めてもらいたいこともあるし」

「はい、わかりました」

みのりはパスタをフォークにくるくると巻く。

「本山さんの正社員契約のほうは、わたしが人事に言って進めておくから。これから忙しくなるけど、頑張りましょう」

「はい」

みのりは顔をあげて返事をした。周囲の期待に応えたいし、自分ももっと自分に期待したかった。仕事は集中して、機嫌よくやろう。できることを少しずつ増やして、自分のアイデアや感性が形になるような努力をしていこう。

長くて暑い予備校の八月は、もうすぐ終わる。

みのりと唐沢さんは、握手をする代わりみたいに微笑み合った。

◇◇◇◇◇

透は東京で初めて、花をいけた。

買ってきたダリアとヒマワリとグラジオラスを、花器に無造作に投げ入れただけなのだが、部屋の空間自体が変化した気がした。花をいけて初めて、やっとここが自分の場所なんだと実感した。

もっと早くいければよかったな、と今になれば思う。子どもの頃からずっと、身の回りに花はあった。少しの道具と花材さえあれば、花はどこでだっていけられる。

――こっちで花をいけるのに五ヶ月以上かかっちゃいました。

花の写真を撮った透は、本山さんにメッセージを送った。

あの夜、駅で別れた後、新幹線のなかで何通かメッセージをやりとりした。夜中に部屋に着いてからも、何通かやりとりした。

――おやすみなさい、センセ。

最後に届いたメールには、なぜだかとてもぐっときてしまった。

引くほどメールする、と、彼女は言っていたけど、それからたいしてメールが来ることはなかった。仕事が忙しいのかもしれないし、もしかしたら何か心境の変化があったのかもしれない。でも透はそういうことでやきもきするのを、きっぱりとやめた。

春から今まで、透はここで何もしていない。このままでいいわけがなかった。噴水のところであの花をいけたときの心境や、できあがったあとに感じたことを思いだし、透は足下と未来を順ににらむ。

自分にはここで、やらなければいけないことがあった。

◇◇◇◇◇

「へえー、でもそうか、みのりもついに正社員になるのか」

久しぶりに一緒に飲むことになった果歩は、広島から戻ってきたばかりで、明日から北海道だという。

「それって、腹をくくったってことだよね」

「うん、そうかも」

みのりのほうも、仕事を始めて以来の忙しい日々を送っていた。今までの通常業務に加えて、新しい機関誌の立ち上げを、ほとんど一人でやっている。

終電まであと二時間しかない時間に、みのりと果歩は行きつけの居酒屋で待ち合わせた。無理やり時間を合わせないと、今の二人は会うことができない。

「編集長になって、新企画も立ち上げて、そうやって自分の身を忙しくして、恋の傷を忘れようってことでしょ？　うん、わかるわあ」

「そんなんじゃないから」

みのりは笑いながら、カシス酒を飲んだ。

「そっちもね、わたしは腹をくくったのかも」

「え、なに？　恋を失ったみのりが、仕事の道に生きる、って覚悟したんじゃないの？」

「だから違うって。両方欲しがったって、いいわけでしょ？」

「どしたの！　もしかしてみのり、センセイとうまくいってんの？」

「んー、うまくいってるってほどのことは何もないけど。ただね、愚か者の得意なフットワークをやめたの」

「どういうこと？」

半笑いの果歩は、愚か者の得意なフットワーク♪　と歌い、野菜スティックをかじった。おつかれー、と、乾杯して、二杯目も頼んで、みのりと果歩は急ピッチで酔い始めている。

「果歩のその変な歌が力になったのよ。だから今日は、もっと言ってよ。果歩はいつも優しく言ってくれるけどさ、本当はわたしを見てたら、歯がゆいわけでしょ」

恋のこともそうだけど、みのりは果歩から、正社員になれるならなったほうがいいと、ずっと言われていた。

「んー、まあ、そうかもねえー、正直」

「じゃあ、もっと厳しいこと言ってよ」

「ん？　でもどっちなの？　うまくいってるんじゃないの？」

「わかんない。でも、そういう夜もあるじゃない」

ふふふふ、と笑うみのりに合わせて、果歩も笑いだした。

「ちょっとどういうことなのかわかんないけど、でもまあ、確かにみのりは、ディフェンス力ばっかり強くなっちゃったよね」

「うん、そうなの」

「ディフェンスするのはいいのよ。攻め一辺倒の時代は終わったんだから。でも普段は守っていても、いざってときはカウンターを仕掛けなきゃ。サッカーでも恋でも」

「うん、そうよね。サッカーはしないけど」

「ラインをあげろ！　ってことよね。そして大切なのは、中盤をタイトに保つこと」

「そう、そうなの。ねえ、もっとそういうのちょうだい」

「あんた、ちょっと大丈夫？」

二人は大笑いしながら、飲み物のお代わりを頼んだ。

「だいたいさ、みのりが二十九で、センセイが二十一？　だけどもしセンセイが同い年だったら、どうするの？　何も迷わないんじゃないの？」

「んー、そうかもしれないけど。でも、同い年じゃないし」

「まあね。全然同い年じゃないけど。でも年の差って、靴のサイズの差と何が違うの？」

「それは、全然違うと思うよ」

「でもさ、みのりの靴のサイズが29で、相手が21だったら、あきらめるの？」

「それは、正直、あきらめるかな」

「どうして？」

「わたしのサイズが29でしょ？　それはだってわたし、デイトに履いていく靴がないから」

「まあね」

「そうよね」

　ふははは、と二人が笑っていると、ビールが届いた。

「恋して別れたって、別にわたしたち、何かを失うわけじゃないのよ」

「そうなのかな？」

「そうよ。わたしたちは恋愛にも相手にも依存しないし、相手が側《そば》にいなきゃ生きられないなんて思わないし、愛情を押しつけたりしないし」

「でも実際は、そんなわけにもいかないじゃない」

「そうなのよ。好きになっても、寂しくなるばかりで、足りないものが増えて、悲しいことが増えて、不安が増えて、我慢することが増えて、相変わらず惑っちゃうけど、でもみのり、いい？　みのりはさ」

ぐびぐびと飲んだビールのジョッキを、果歩は、がん、と置いた。

「ガッツが足りないんじゃないの？　もし失ったってそれがどうしたの？　失うことを怖れているせいで、みのりはかえって、大切なものを失い続けているんじゃないの？」

「うん、その通りだ」

うん、うん、とうなずくみのりに、果歩がびしっ、と言った。

「みのりとセンセイとの間にはもう、引き返せないくらい、大きなものが育ってるんじゃないの？」

「育った。多分、育った」

もうたいていのことでは驚かないし、揺らがなかった。センセイに惹かれた自分に自信を持ちたい。ディフェンスだけじゃだめだ。もっと中盤をタイトに保って、ラインをあげなければならない。

「みのりがおばさんになって、センセイがやっぱり若い子がいいって言いだしたとしたってさ、それはそれでいいじゃない」

「いや、それはよくない！」

「そうだ！　それはよくないぞ、センセイ！」

「よくないけど、それでもいいの」

「そうね。よくないけど、それでもいいよね。ふるなら、ふればいいよね」

「そしたら、泣くよね。泣きまくるよね」

「まじで？　それはめんどくさいことになるけど、仕方ないよね」

酔っぱらった女子二人は、かつての熱烈大車輪な季節を通り過ぎ、傷ついたり、戸惑ったり、あきらめたりして、一周回った場所に立っているのかもしれない。だけど胸が震えたり、心を揺さぶられたりすれば、いつだって思いだす。

かつては無知で無謀だったから、闘えたわけじゃない。昔は無知で無謀だったな、と今になれば思うけれど、それが理由で闘えたわけじゃない。自分を突き動かすものや、自分が大切にしたいものは、いつだって自分の目の前にある。だからその数メートル先に踏み込んで、ラインをあげろ！

みのりと果歩はビールを飲み、終電までの時間、よくわからないことを語りまくった。なぜだかもう、カシス酒なんかを飲んでいる場合ではない気がした。

4、秋

約束の時間の十分前に、みのりは待ち合わせの場所に着いた。

ムラサキカタバミは秋にも咲くらしい。春に橋のたもとで咲いていた花が、同じ場所に咲いている。午前十時の光が、ハート形の葉に柔らかに落ちている。

同じ花なのだけど、あのときとは違う花のように見えた。寂しそうにも見えるけれど、微笑んでいるようにも見える。

「こんにちは、本山さん」

みのりが写真を撮っていると、橋の上から声が聞こえた。時間通りにやってきたセンセイが、みのりを穏やかな表情で見つめる。

何だか恥ずかしくなってしまって、みのりは慌てて橋の上に駆けた。視線を浴びないように隣に立って、センセイと同じ方向を見つめる。

行きましょう、と、公園に向かって二人は歩きだした。

「久しぶりですね、センセイ」

「そうですよ。本山さん、東京に来るって言ってたのに全然、来ないから」

「あー、すみません」

「いいんです。代わりに僕が来ちゃいました」

前を向くセンセイが可笑しそうに笑った。十月の午前の光が、柔らかく彼の横顔に射している。

夏に見たセンセイの横顔とは、また少し違って見えた。もともとセンセイの奥のほうにあった芯の強さのようなものが、今は輪郭を成して表に出てきた気がする。

「仕事はずっと忙しいんですか？」

「ええ。あのときはすぐにでも行こうって思ってたんだけど」

「メールもあんまり来ませんね」

「あー、ごめんなさい！」

「いや、いいんです。僕のほうも、やらなきゃならないことがたくさんあったんで、全然いいんです」

正社員になったことは一応伝えてあったけれど、確かにメールなんて三日か四日に一回くらいしかしていなかった。あのときは、引くほどメールする、と言っていたし、これまでの恋愛でもそうだったのだけれど。

「今週頑張って、週末には東京に行こう、って毎週思ってるんですけど……。でも来週には本当に、行こうと思ってたんですよ」

「そうなんですか」

センセイはまた可笑しそうに笑った。

公園のベンチに二人は腰を下ろした。あの日、センセイが花をいけていた噴水が見える。

「あれから、二ヶ月くらいですか」

「そうですね、もうそんなに経っちゃいましたね」

あのとき感じたことは、今でも鮮明に思いだせた。

手を伸ばして、そこにあるものを掴みたい、と願った。あのとき、みのりはセンセイに辿り着こうとした。センセイの心に、もっと近付こうとした。

「すみません、本山さん」

噴水を見つめながら、センセイが言った。

「あの頃、僕、大学をやめようかな、って考えてたんです」

「え！　そうなんですか？」

「いや、それで、考え直したんですけど」

センセイはゆっくりと説明してくれた。

何も知らなかったのだけど、センセイは大学の前期、学校にはあまり通わなかったらしい。

自分で大学に行くと決めて、頑張って勉強をして、お金を貯めて東京に行ったのに、そんな状態の自分がふがいなくて、自己嫌悪に陥っていたという。

二ヶ月前、東京に戻ったセンセイは、授業料を納めてある後期だけでも、授業に真剣に取り組んでみよう、と思ったらしい。一般教養科目くらいはきっちり学ぼう。それから退学でも編入でも、考えればいい。

後期、大学の単位をできるだけリカバリーできるように、フルでカリキュラムを組んだ。毎日学校に通い、よくわからない授業も、興味の持てない授業も熱心に聴いた。講師に質問しに行くとすごく熱心に教えてくれる、ということがわかり、一日一回は質問しに行くようにした。

「最近はどんな科目でも、何か華道との繋がりがないかな、って考えるようになりました」

「へえー」

「みのりさんのおかげですよ」

「え、どうして？」

「みのりさんって、好奇心全開じゃないですか。僕もそういうの見習おうって思って」

「ええ？　そうですか？」

そんなつもりは全然ないのだけれど、他者からはそう見える、というようなことはあるのかもしれない。だけどそんなことより、みのりさん、と呼ばれたことに驚いてしまった。

「それで、やっぱりちゃんと大学は卒業しようって思いました。三年生になったら、華道の歴史を研究するっていう目標もできたし。そういう研究室に入ろうって」

「へえー」

「それで、華道のほうも本格的に習うことにしたんです」

センセイは大学に加え、華道の研修学院にも通いだしたらしい。夜間や休日のコースしか取れなくてもどかしいのだが、それでも資格の取得に向けて、できる限り研修を受けているらしい。

「授業料が高くて、お金が全然ないんで、残った時間は全部、バイトです」

「……それ、無理してませんか?」

「大丈夫です。何ヶ月か前に比べたら、体の調子もいいくらいですし」

センセイは爽やかに笑った。

「それで、僕、決めたんです。将来は花の道に進もうって」

気負うところなど何もない感じで、年下のセンセイは穏やかに話した。

「やっぱり、ここでいけた花のことが、忘れられなくて。もっと花のことを知りたいし、花をいけるということがどういうことなのか、わかりたいなって」

やがて公園の噴水が、水しぶきをあげた。正午を示すその水しぶきは、届かない秋の空に手を伸ばそうとする。

「お昼ですね。どこかで食べますか?」

「はい」

二人は場所を変えるために立ち上がった。

大学は今、文化祭で休みらしい。センセイは今日、深夜バスに乗って、こっちまでやってきた（おかげで首が少し痛いそうだ）。これから昼ごはんを食べて、それから篠山先生のところに行って、道具や服を借りたりして、また深夜バスで東京に戻るらしい。

「春から、というか、高校生の頃からずーっと、自分のやりたいことを考えてたんですけど、何もわからなかったんです。でも、今は腑に落ちた感じです」

センセイは楽しそうに花のことや将来のことを語った。

「一人でじっと考えるより、何かをしながら、考えたほうがいいんですね」

相づちを打つみのりは、何かを言いたかったけれど、何を言っていいのかわからなかった。

「いつかこっちで教室を開くってのも、もちろんやりたいんですけど、今はアフリカで生け花を教えている人もいたりして、いろんな可能性があると思うんです」

「うん、うん」

センセイの隣を歩くみのりはただ、相づちを打つだけだった。こんなとき何て声をかけてあげればいいんだろう。未来への希望を語る若者に、自分は何を言ってあげられるのだろう。

「いいんじゃないかな」

結局、みのりは簡潔に言った。

「すごくいいと思う」

二人は歩く。歩調を合わせて、前を見つめながら。

「じゃあ、わたしも頑張らなきゃだし、透くんも頑張らなきゃだね」

「……はい」

センセイが眩しそうな表情で振り返った。もしかしたら、透くん、と呼ばれたことに、驚いたのかもしれない。

「ランチはわたし、きしめんがいいな。東京で売ってないやつ」

「いいですねー」

目的の店に向かって二人は歩いた。やっぱり透くんってのは違うかな、これからもセンセイって呼ぶのがいいかな、などと、みのりは考えていた。

◇◇◇◇◇

本山さんとランチをして、それから祖父と会って、華道の道具や和服を借りた。

花の道に進みたい、ということについては、すでに何度か電話で祖父に相談してあった。

祖父は喜ぶでもなく反対するわけでもなかったが、透が訊いたことにはアドバイスをくれた。

「花以外のことを大切にするんだぞ。作品というのは、その人間の世界観を表したものだからな。いい花をいけようと思ったら、自分の世界観を広く、深くするしかない。将来、よい花をいけようと思うなら、花以外のことも全部大切にしなさい」

「……うん」

「よい花をいけるのに、近道なんてのはないからな」

「うん、わかった」

祖父の言うことが前よりもわかる気がした。自分が世界をどう見ているか、また、どう見たいのかが、その人の作品になる。あの日いけた花は、未だ透のなかで生き続けている。

実家で荷造りをして、母親と食事をして、いろいろ面倒くさい訓辞を受けた。その最中に、花の道に進もうと思うことを伝えると、あら、そう？ と驚いた顔をされた。

「ごはんを食べるのよ」

母はなぜだか、そんなことを言った。

「何してもいいけど、ちゃんとごはん食べて、ちゃんと寝るようにね」

「……うん」

ちゃんとごはんを食べよう、と透は笑いそうになりながら思った。花以外のことを大切にしなきゃならないわけだから、食べたり眠ったりすることも、とても大切なことだ。

「食べるよ、ちゃんと」

透が言うと、母はそれで満足したのか、隣の家の松下さんが柿の木から落ちた話をいきなり始めた。

二十二時に本山さんと待ち合わせて、バスターミナルに向かった。バスターミナルには、何かの遠征に出かけるのか、それとも遠征から戻るのか、ともかく猛者《もさ》と思われる人々が、集まってきている。

「みのりさん、ありがとうございました」

「はい。いろいろ頑張ってください。体に気をつけてね」

「ええ、みのりさんも」

「うん。わたしも頑張るよー」

「あの、好きです」

「うん、わたしも」

ターミナルで握手する二人を、猛者たちが黙殺しながら通り過ぎていく。

「今度こっちに来られるのは、年末ですか？」

「そうですねえ、みのりさんは、東京に来られますか？」

「んー、もう少ししたら落ち着くと思うんだけど、しばらくはわからないかな。でもなるべく行きたいな」

「じゃあ、わからないですけど、遅くとも年末ですね、会えるのは」

「今からだと……二ヶ月半くらいか」

「だいぶ先ですね」

「うん、でも」

本山さんはにっこりと笑った。

「走っていれば、あっという間だよ」

「そうですね」

バスに荷物を積み込んだ透は、窓側の席から本山さんに手を振った。本山さんも笑顔で手を振り返してくれる。それを黙殺する猛者たちは皆、通路側の席をキープしている。きっと通路側のほうが眠りやすいのだろう。


深夜バスは東名高速をひた走った。

新幹線の三〜四分の一ほどの値段で移動できるのはありがたいけれど、やはりそんなに快適に眠れるわけではなかった。だけど眠れなかった行きとは違って、今は本山さんがくれた首に巻くタイプの空気枕がある。

百均で買ったものだというが、膨らませて装着してみると、その快適さに驚いてしまった。これなら眠れる。ありがとう、みのりさん！

猛者と透を乗せた深夜バスは往く。豊田インターチェンジを過ぎ、岡崎を過ぎ、豊橋へと向かう。やがて雨が一滴落ちるように、メールが届いた。

今日はありがとう、とか、久しぶりに会えて嬉しかった、などと書いてあって、最後はこう結ばれていた。

――おやすみなさい、センセ。

ずきゅーん、と撃ち抜かれた気がした。自分はどうしてこんな文字に、ぐっときてしまうのだろう。

ぎゅっとしたいな、と思いながら、透は深くシートにもたれる。

猛者たちは皆、きっぱりと眠り続けていた。本山さんのくれた空気枕とバスの振動に包まれながら、やがて睡眠不足の透も眠りに落ちていった。

5、冬

それから二ヶ月半、透は忙しい日々を過ごした。大学の授業を一限から五限までフルで取り、週に何度か華道の研修学院にも通う。バーでのアルバイトも、ほとんど毎日入った。

年末年始に販売のアルバイトをやらないか、と、お客さんに誘われ、透は結局、帰省しないことにした。

――すみません。年明けにレポートとかテストとかがあるから、今のうちにアルバイトをしておこうと思うんです。

――そっか、残念だけど、風邪ひかないように頑張ってね。わたしも長野に帰省するつもり。

年末年始は予備校も忙しいらしく、彼女もあまり休みはないようだった。

――久しぶりに、お花の教室に行きましたよ。座心照真、っていう言葉を習いました。座して心の真を照らす。座して心の真を照らす。

――いい言葉ですね。そんな心境に、僕も至りたいです。明日、花をいけようかな。

年末恒例のワニの大掃除のニュースが流れていた。背や歯を洗われるワニは、師走の風をどんなふうに感じているのだろう。

透は年末の三十日までバーで働き、三十一日と元日には表参道に販売のアルバイトに行った。年の瀬の街は混んでいたけれど、元日の地下鉄の車内は閑散としていた。と思っていたら店には、どこからこんなに、というほど人が集まってくる。

――あけまして、おめでとうございます。長野で初詣に行きましたよ。わたしたちがケガや病気をすることなく一年を過ごせますように、と祈っておきました。

――ありがとうございます。僕もそのうち初詣行ってきます。今日は福袋を大量に売りました。

――あ、そうだ。センセイが夢にでてきましたよ。いやー、センセイは夢では積極的ですね。

何だそれは、と思いながら、透は空いた地下鉄に揺られる。正月の休みになってから、メールは急に多く届くようになった。きっと今まであまりメールが来なかったのは、単に忙しかったのだろう。

――母と叔母がやよこさんっていう親戚の家に行って、今、戻ってきました。三人で女子会してきたって。とっておきのワインを開けようとしたんだけど、三人とも力がなくて栓を開けられなかったらしいです。笑。

販売の仕事を三日までして、四日からはまたバーのアルバイトが始まった。アルバイトに向かうとき、近所の神社に寄ってお参りをした。これが初詣ということになる透は、二礼二拍手一拝し、最後に心のなかで念じる。

僕らがケガや病気をすることなく、日々を過ごせますように――。

◇◇◇◇◇

一月の終わりの街を、みのりは完全防寒スタイルで歩いた。

頭の奥まで染みるような冷気に、気持ちが浄化されるような気分だ。冬の空気は透明に澄み、自分の吐く息だけが白く立ちのぼっていく。

スピードをあげて冬を歩けば、一歩ごとに小さな熱が湧いてきた。頬はこんなに冷たいのに、体の奥からは、絶え間なく熱が湧いてくる。みのりの鼓動は、小さな熱に変わり続ける。

もうすぐセンセイに会える。

正月に帰省しなかった透センセイは、ずっと大学の後期試験に集中していたらしい。おかげで一年分の取得単位としては、まあまあの線までいったらしい。

新幹線の改札の前で、みのりは足を止めた。早足で歩いたことによる熱が、体の芯から染みだしてくる。電光掲示板の時計を見てみる。十二時十分。あと何分かでセンセイに会える。

三ヶ月半ぶりだった。日々を走り続けていたからか、あっという間だったように思う。みのりが担当する機関誌も、もうすぐ校了する。

「あ」

階段を下りてくるセンセイを、みのりのほうが先に見つけた。こちらに気付いたセンセイも、キャリーバッグを引っ張るのと反対の手をあげる。

二人は今、二十数メートルは離れているだろうか。二十メートルが、十メートルに。十メートルが、数メートルに。この三ヶ月半、四百キロ近く離れていた二人が今、最後の距離を縮めていく。

「久しぶりだね」

と、みのりは言った。おかえりなさい、と言うのは何だか恥ずかしかった。

「ええ、お久しぶりです」

背筋をしゃんと伸ばしたセンセイを、みのりは見上げた。

一目会っただけで、センセイの精神の確かさのようなものを感じた。確固たる意志のようなものが、この人の輪郭となり、この人を成長させているのかもしれない。

「コメダ行きましょう、センセイ」

「はい」

昨日メールをやりとりして決めていた。みのりは昼休みの途中に改札に寄り、コメダで昼食を食べたら職場に戻る。センセイは荷物を置きに実家に戻る。二人の距離はまた開くけれど、夜には会える。

歩くセンセイの横顔を、みのりはちらりと見やった。センセイはこれから、大学の授業が始まる四月の第一週くらいまで、こっちで引っ越しのアルバイトをする。もし休みが合えば、篠山先生のお花の教室にも、顔をだしてくれるらしい。

引っ越しシーズンのうちに、センセイは来年度の学費と生活費をできるだけ稼いでおきたいという。

◇

センセイは週のうち半分以上、みのりの部屋に泊まっていった。二人でごはんを食べて、狭いベッドで二人で眠り、翌日の朝、一緒に仕事に出かけた。たまの休みには、二人で花をいけたり、写真を撮りに行ったりした。

「ただいまー」

「おかえりなさい」

残業を終えたみのりが部屋に戻ると、センセイが夕飯を作って待っていてくれることがあった。

カルボナーラばかりを作るセンセイが、ちょっと面白かった。やがて飽きたのか、彼はチャーハンを作るようになった。世界一美味しいんじゃないか、と思うカルボナーラとは違って、チャーハンのほうはずいぶん庶民的な、お母さんが子どもに作るようなチャーハンだ。

二人の生活はもうずっと前から続いているようでもあったし、ひとときの幻のようでもあった。もしこれが幻だったとしても、みのりはその幻を愛しているし、大切にしたいと願っている。でもね、センセイ……。

ベッドの上でセンセイは眠る。小さな寝息をたてるその横顔を見つめながら、みのりは、ふふ、と笑う。

現在の幸せを感じたぶんだけ、未来を不安に思うような気持ちが湧いてくるのですよ。そんなのは愚か者の得意なフットワークだとわかっていても、でもやっぱり、いろいろ考えてしまうんですよ、センセイ。女の子はめんどくさいんですよ、センセイ。

「……あ、今、寝てました？　僕」

目を開けたセンセイが、みのりを見た。

「うん、寝ていいよ。疲れてるんじゃない？」

「いや、そうでもなく」

むにゃむにゃと何かを言いながら体を動かしたセンセイが、みのりを、軽く引き寄せた。

みのりはその力に身を委ねる。

「センセイは、今年二十二歳だね」

「まだ、だいぶ先ですけど、そうですね」

「ごめんね、わたしはその後、三十になるよ」

「……ああ、でもおれ、みのりさんに夢中ですよ」

んまあーこの人は、とみのりは思いながら、センセイの鎖骨の辺りを、はむ、と噛んでみる。

「ふははは、何してるんですか？」

「……センセイ、夢中って、何に夢中なの？」

「みのりさんのこと大好きですよ。みのりさん、体が柔らかくてエロいし」

んまあーこの人は、とみのりは思いながら、センセイの髪をくしゃくしゃとする。

「そういえば、センセイ、前の誕生日のときは何してたの？」

「普通に、バイトしてましたよ。あ、お客さんとか店の人たちに、ちょっとだけ祝ってもらったけど」

「じゃあ、あの可愛い子にも祝ってもらったの？」

「可愛い子って……愛麻のことですか？」

「うん」

「えーっと、普通に祝ってはくれましたけど」

「まあ、にくたらしい」

みのりがまたセンセイの髪をくしゃくしゃにすると、ふふふ、と笑い声が聞こえた。

「何がおかしいの？　センセイ」

「いや……ちょっと嬉しくて」

「嬉しい？」

「だって妬《や》いてくれてるんですよね」

ふふふ、と邪気のない顔でセンセイは笑う。んまあーこの人は、とみのりは思う。

センセイがこちらに帰ってきて、一ヶ月以上が経っていた。夢みたいな日々だとも思うけれど、これはきっと普通の生活なのだろう。四月までの蜜月生活は、もう少しだけ続く。

翌朝も二人は一緒に部屋をでた。夢みたいな普通の生活を、かみしめるように歩く。それはきっと賢者のフットワークだ。

「いってきます」

「はい、じゃあまたね」

駅で別れるとき、そんな挨拶を交わした。

アルバイトをするセンセイは、みのりの部屋に戻ってくる。四月になれば東京に行ってしまうセンセイだけど、それでもまた夏休みや春休みには、みのりの部屋に戻ってくる。

おかえりなさい。

今度センセイが東京から戻ってきたときには、きっとみのりはそう言うだろう。

◇◇◇◇◇

三月のなかば、引っ越しのアルバイトに、透は勤《いそ》しんでいた。

こちらに戻ってきた頃は寒いだけだったけれど、最近ではほのかに暖かな風を感じることも多くなった。街全体が、春を迎え入れる準備を始めている。

引っ越しシーズンが佳境を迎えるなか、透は黙々と働いた。職場にうまく溶け込んだ透は、また来年も来てくれよ、と所長に頼まれている。夏に引っ越す人も多いらしく、夏休みにもアルバイトをさせてくれるらしい。

卒業するまであと三年、透の道は見えてきたように思う。華道と大学を両立させて、学費も稼ぐ。祖父のところに行って花を習ったりしながら、こちらでも充実した生活を透は送っている。

人生は一本の道ではないが、透には今、望む未来がある。

人を求める気持ちというのは不思議だな、と透は思う。

触れたい、抱きしめたい、と願い、それが叶ってもまだ何かが足りない。自分は全てを欲しい、全てを抱きしめたい、と願っているのだろうか……。

透は彼女の今や、彼女の未来を欲しがっている。それはまあ、わかるのだけど、過去のことが気になる、というのはどうなんだろう。透は多分、自分よりも年上である彼女の過去も欲しいと思ってしまっている。

好きな人にも過去の恋があって、そのことは現在の彼女の一部分になっている。そういうことを知りたかったり、知りたくなかったり、想像すると少し苦しくなったりする。

「相手を好きっていう気持ちは、巨大なエゴだな、って思ったりするんですよ」

「どういうこと？」

二人はベッドの上で話した。

「こういうのは違うと思うんですけど……でも、みのりさんの過去に妬いちゃったりするんですよね」

「あー」

共感するような声をだした彼女は、透の目を覗き込んだ。

「わかりますよ、すごく」

彼女は透の胸に、そっと手を置いた。

「でもね、センセイ……。そういうのは、我慢するのが武士のたしなみ」

「武士のたしなみ？」

「ええ」

彼女は、ふふ、と笑い、透の肩に手を回す。

「わたしもヤキモチやきだからわかるんです。でもこうしていると、そんなの大丈夫でしょ？」

透を抱きしめる本山さんを、透もそっと抱きしめる。

「ああ、そうですね」

確かに透はそのとき、本山さんの遥か過去までを深く抱きしめた気になった。

「みのりさん……」

抱き合って、笑い合って、ときどき黙って、日常はゆるやかに続いてゆく。

「可愛いですね、みのりさんは」

「ちょっとセンセイ、そういうこと言わないで」

本山さんは透の髪に手をやり、くしゃくしゃとかき回すようにする。

「そうですか？　ときどきそういうこと言うのも、武士のたしなみのような気がしますよ」

透は彼女を見つめた。彼女は、んまあー、という顔をしている。

ゆるやかで穏やかな日々の奥底で、お互いを求め、強く結びついている。そのことを二人は自覚しているし、そのことを含む未来を、まっすぐに見つめている。

「透くん」

呼び方の練習をするみたいに本山さんは言った。

「みのり」

透も練習するみたいに呼びかける。

手の先にある欲しいものや、大切にしたいものが、今の透を奔《はし》らせる。

キスする二人を、カーテンから漏れる朝の光が、静かに照らしだしていた。

装丁　高柳雅人
カバー写真　RooM/Getty Images
表紙イラスト　宮尾和孝

初出　「パピルス」２０１３年４月号Ｖｏｌ．47～２０１５年８月号Ｖｏｌ．61

〈著者紹介〉
中村航　1969年岐阜県生まれ。2002年『リレキショ』で文藝賞を受賞しデビュー。『ぐるぐるまわるすべり台』で野間文芸新人賞を受賞。『100回泣くこと』がベストセラーとなり映像化される。他の著書に『あなたがここにいて欲しい』『僕の好きな人が、よく眠れますように』『あのとき始まったことのすべて』『世界中の青空をあつめて』、映像化もされた『デビクロくんの恋と魔法』などがある。

年下のセンセイ
2016年1月25日 第1刷発行

著　者　中村 航
発行者　見城 徹

発行所　株式会社 幻冬舎
〒151-0051 東京都渋谷区千駄ヶ谷4-9-7

電話:03(5411)6211(編集)
03(5411)6222(営業)
振替:00120-8-767643
印刷・製本所:中央精版印刷株式会社

検印廃止

Printed in Japan
ISBN978-4-344-02878-4 C0093
幻冬舎ホームページアドレス　http://www.gentosha.co.jp/

この本に関するご意見・ご感想をメールでお寄せいただく場合は、
comment@gentosha.co.jpまで。